하브루타 학습법으로 생각을 키우는

진 짜 진 짜

독서논술

5권
초등 3학년

K.B220507

SISO
study

박현창

한양대학교 국어교육과를 졸업하고 독서교육의 선구자인 박영목 교수님을 사사했습니다. 대학 졸업 무렵 은사의 권유로 국어 교재 연구에 뛰어들었고, 국어 교재 기획과 개발에서 영향력 있는 전문가로 활동하고 있습니다.

저서로는 〈기적의 독서논술〉 전 12권, 〈어휘 바탕 다지기〉 전 4권, 〈한자 어휘 바탕 다지기〉 전 4권, 〈퀴즈 천자문〉 2,3권, 〈퍼즐짱 한자박사〉가 있습니다.

재능한글, 재능국어 초중등 프로그램, 재능국어 읽기 학습 프로그램, 제6차 교육과정 고등학교 독서 교과 2종을 개발하였고, 중국 선전 KIS 국제학교 교사, 중국 선전 삼성 SDI 교육 자문 위원으로 활동했으며, 하브루타 창의인성 교육연구소 이사로 활동 중입니다.

저자 장성애

교육학을 연구하고 물음과 이야기가 있는 개념 있는 삶을 지향하는 하브루타 코칭과정을 개발했습니다. 독서, 학습, 토론, 상담, 머니십교육 등을 진행하며 마음샘 교육심리 연구소와 하브루타 창의인성 교육연구소 소장으로 활동 중입니다.

저서로는 〈영재들의 비밀습관 하브루타〉, 〈질문과 이야기가 있는 행복한 교실〉(공저), 〈엄마 질문공부〉가 있습니다.

유아부터 성인까지 다양한 학습자들을 만나면서 부모 교육과 교사 연수를 비롯해 각 교육 기관, 사회 기관, 기업 등에서 강의하고 있습니다.

 5권 초등 3학년

초판 발행	2022년 12월 5일
초판 2쇄	2023년 3월 6일
글쓴이	박현창, 장성애
그린이	박정제, 이성희, 김청희, 최준규
편집	김은경
펴낸이	엄태상
디자인	이건화
콘텐츠 제작	김선웅, 장형진, 조현준
마케팅본부	이승욱, 왕성석, 노원준, 조성민, 이선민
경영기획	조성근, 최성훈, 정다운, 김다미, 최수진, 오희연
물류	정종진, 윤덕현, 신승진, 구윤주
펴낸곳	시소스터디
주소	서울시 종로구 자하문로 300 시사빌딩
주문 및 문의	1588-1582
팩스	0502-989-9592
홈페이지	www.sisostudy.com
네이버카페	시소스터디공부클럽 cafe.naver.com/sisasiso
인스타그램	instagram.com/siso_study
이메일	sisostudy@sisadream.com
등록일자	2019년 12월 21일
등록번호	제2019 - 000148호

ISBN 979-11-91244-05-2 64800

우리 아이들이 이미 접어들었고 살아가야 할 세상을 흔히 지식정보화 사회, 지식혁명의 시대라고 합니다. 그래서 고도의 이해와 표현 능력, 논리적이고 창의적인 듣기 · 말하기 · 읽기 · 쓰기가 요구됩니다. 사회와 학교에서 국어 교육의 중요성을 새삼 인식하게 된 까닭이 여기에 있습니다. 논리적이고 창의적인 언어 사용이란 이치에 맞게 조리 있게 말과 글을 쓰는 것이고 나아가 이미 존재하고 있었으나 미처 깨닫지 못했던 이치를 발견해 내는 것입니다. 요약하면 지식과 지혜입니다. 지식이 아는 것이라면 지혜는 그 앎을 적용 또는 활용하는 것입니다. 이 시대는 지식에서 추출하고 정제한 지혜가 더욱 필요한 때입니다. 지혜로운 듣기 · 말하기 · 읽기 · 쓰기가 세상과 사람에 대한 근본 원리를 이해하는 데 값어치를 합니다.

그러나 국어 교육이 여전히 지혜보다는 지식에 편중되어 있음이 참 안타깝습니다. 지식을 외고 저장하기에 정신없이 바쁩니다. 물론 지혜의 바탕은 지식입니다. 하지만 딱 지식에만 머물러 있어서 교육에 들이는 노력과 비용이 아깝기만 합니다.

지향할 가치가 바뀌었으니 당연히 그것을 성취할 방법과 평가도 바뀌어야 합니다. 이전 세대에게 적용되었거나 써먹었던 가치, 방법과 평가가 주는 익숙함의 관성을 탈피해야 합니다.

논리적이고 창의적인 사고력은 사실 아이들이 어른들보다 훨씬 낫습니다. 서너 살 먹은 아이들을 보세요. 무엇인가 끊임없이 묻고 이해하려 듭니다. 그리고 시인의 감수성에 버금가게 감동적으로 표현합니다. 다만 어른들이 이해하지 못하고 받아들이기 껄끄러워할 뿐입니다. 어른들의 생각맞춤법에 어긋난다고 하여 얕잡아보고 무시해 왔지만 철학은 언제나 그들의 논리와 창의가, 지식과 지혜가 마땅하고 새삼 놀랍다고 증명합니다.

그래서 해결책은 의외로 뻔하고 쉽습니다. 아이들에게 마음껏 의견을 내놓고 따지고 판단하는 토론의 멍석을 깔아주는 것입니다. 여기에 딱 한 가지 '고도'의 기술이 필요하기는 합니다. 아이들의 듣기 · 말하기 · 읽기 · 쓰기와 이를 바탕으로 한 토론에 그저 토닥토닥 격려하고 긍정의 추임새를 넣어주며 존중해 주는 것입니다. 그래서 이 책을 내놓습니다.

저자 **박현창**

1 진짜진짜 독서논술은 어떤 책인가요?

질문과 대화, 토론과 논쟁을 통해 창의적으로 답을 찾는 하브루타 학습법을 도입한 독서논술 학습서예요. 주어진 논쟁거리에 자유롭게 묻고 답하며 생각을 마음껏 키울 수 있어요. 더불어 읽기와 쓰기, 어휘 문제를 풀면서 국어력도 키워 줘요.

진짜진짜 독서논술은 언어 능력을 개선해서 사고력과 창의력을 키워 말과 글로 자기 생각을 표현할 수 있는 능력을 기르는 학습서예요.

2 하브루타 학습법이 무엇인가요?

하브루타는 짝을 지어 서로 질문을 주고받으며 공부한 것에 대해 논쟁하는 유대인의 전통적인 토론 교육 방법이에요.

정해진 답을 찾는 게 아니라 쟁점에 대해 다양한 생각과 시각을 나누는 창의적인 학습법이죠. 질문을 주고받는 과정에서 자신이 아는 것과 모르는 것을 인지해서 부족한 점을 보완하는 메타인지 능력도 키울 수 있어요.

하브루타 학습법은 사고력을 기르는 데 적합한 공부 방식으로, 우리 책은 토마토 모양에 하브루타식 질문을 담았어요.

3 왜 토마토 모양에 하브루타식 질문을 넣었나요?

토마토는 '토닥토닥 마음껏 토론하기'를 줄인 말이에요. 하브루타 토론을 마음껏 해 보기를 바라는 마음을 담은 표현이지요. 질문은 다섯 가지 유형으로 나눠지는데, 이 유형은 바로 사고력을 다섯 가지로 구분한 거예요. 사고력의 다섯 가지 유형은 다음과 같아요.

| 사실적 이해 | 추론적 이해 | 비판적 이해 | 창의적 이해 | 논리적 이해 |

토닥토닥 마음껏 토론해 봐

4 사고력의 다섯 가지 유형을 소개합니다.

사실적 이해
읽은 내용을 사실 그대로 이해하고 표현하는 것

 사실

1 잔느의 다이아몬드 목걸이와 마틸다가 산 다이아몬드 목걸이는 각각 얼마였는지 써 보세요.

잔느의 목걸이 마틸다의 목걸이

프랑 프랑

추론적 이해
직접 드러나지 않은 내용이나 생략된 부분을 이해하고 표현하는 것

 추론

1 까발로가 정의의 종에 매단 포도 덩굴의 잎새를 뜯어 먹은 이유는 무엇일까요? 까발로 입장이 되어서 이유를 써 보세요.

비판적 이해
일정한 기준에 따라 옳고 그름, 좋고 나쁨을 가치 판단하는 것

비판

1 까발리에는 구두쇠일까요? 자신의 생각에 동그라미 치고 이유를 써 보세요.

 까발리에는 구두쇠야. 돈 생각만 하면서 까발로가 굶어 죽어도 모른다고 하잖아.

까발리에는 구두쇠가 아니야. 늙고 혼자 사니까 까발로를 보살피기 어려운 거야.

논리적 이해
원인과 결과를 논리적인 규칙과 형식에 맞게 이해하고 표현하는 것

 논리

1 챠간숑홀이 테무친의 잔을 떨어뜨릴 때마다 테무친의 마음은 어떻게 달라졌는지 쓰고 마음이 달라진 이유도 써 보세요.

| 첫 번째 잔이 떨어지자 | ⇨ | 두 번째 잔이 떨어지자 |
| _____ 이/가 났다. | | _____ 이/가 났다. |

창의적 이해
읽은 내용을 바탕으로 상황과 조건에 맞게 생각을 창조하고 표현하는 것

 창의

3 잔느의 장신구들을 거울 앞에서 해 보면서 마틸다는 무슨 상상을 했을까요? 마틸다의 속마음을 짐작해서 써 보세요.

5

5 무엇을 읽고 문제를 푸나요?

읽는 건 정말 중요해요. 하지만 **무엇**을 읽는지는 더 중요해요. 선별되지 않은 글을 마구잡이로 읽으면 오히려 **독해력**을 기르는 데 방해가 되죠.

진짜진짜 독서논술은 오랫동안 읽혀 충분히 검증된 글감을 선택했어요. 또한 어린이 연령에 맞게 새롭게 각색해서 재미있게 술술 읽을 수 있어요.

6 어떤 글감을 골랐나요?

2015개정 교육과정은 창의융합형 인재가 갖춰야 할 여섯 가지 핵심역량을 제시했어요. **자기관리 역량, 지식정보처리 역량, 창의적 사고 역량, 심미적 감성 역량, 의사소통 역량, 공동체 역량**이에요.

진짜진짜 독서논술은 이 핵심역량을 기르는 데 적합한 글감을 선별했어요. 창의융합형 인재로 성장하는 데 필요한 스스로 활동에 참여하고 주제를 탐구할 수 있는 글감을 골랐어요.

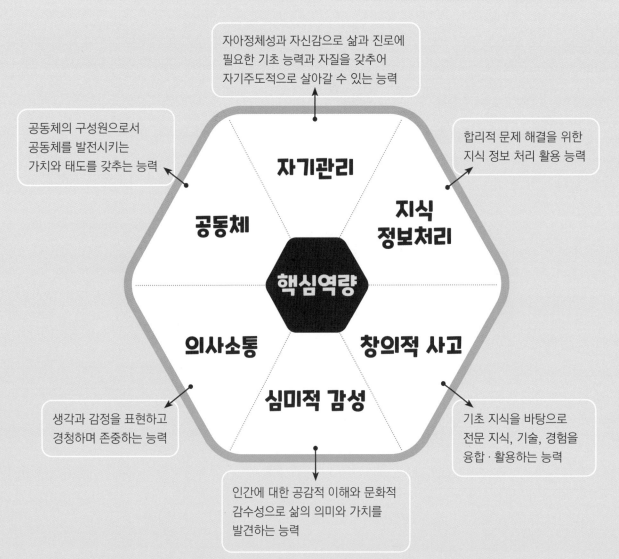

자아정체성과 자신감으로 삶과 진로에 필요한 기초 능력과 자질을 갖추어 자기주도적으로 살아갈 수 있는 능력

공동체의 구성원으로서 공동체를 발전시키는 가치와 태도를 갖추는 능력

합리적 문제 해결을 위한 지식 정보 처리 활용 능력

자기관리

공동체

지식 정보처리

핵심역량

의사소통

창의적 사고

심미적 감성

생각과 감정을 표현하고 경청하며 존중하는 능력

기초 지식을 바탕으로 전문 지식, 기술, 경험을 융합·활용하는 능력

인간에 대한 공감적 이해와 문화적 감수성으로 삶의 의미와 가치를 발견하는 능력

학습을 이끌어가는 캐릭터와 활동지를 소개합니다.

진짜진짜 독서논술은 창의융합형 학습을 주도적으로 해낼 수 있는 학습서예요. 학습이 어렵지 않도록 도움을 주는 캐릭터가 등장해요. 친근하고 재미있는 캐릭터를 따라가면서 즐겁게 학습할 수 있어요. 문제 해결에 도움을 주는 활동지도 있어요. 활동지를 적극적으로 활용하면서 학습에 도움을 받을 수 있어요.

가라사대왕

이야기나라를 다스리는 가라사대왕은 너무 바빠요. 그래서 사건을 해결해 줄 어린이를 찾아 가리사니로 임명하지요. 가리사니는 사물을 판단하는 힘이나 능력을 뜻해요. 우리 친구들이 가리사니가 되어 이야기나라의 문제를 해결해 보는 거예요.

뿌토

학습을 도와줄 친구도 있어요. 눈도 크고 귀도 커서 보고 들은 것이 많은 똑똑한 뿌토예요. 뿌토가 문제와 활동마다 등장해서 도움을 줄 거예요.

요지경

이야기의 줄거리를 미리 그림으로 살펴보는 활동지예요. 재미있는 그림을 보여주는 요지경 장난감처럼 진짜진짜 독서논술의 요지경도 즐거움이 가득해요. 직접 요지경을 만들고 재미있게 살펴보세요.

요지카

이야기에서 다룬 어휘를 선별해서 모아 놓은 낱말카드예요. 요지카의 어휘는 **서울대 국어 연구소**에서 제시한 **등급별 국어 교육용 어휘**에서 선별했어요. 난이도에 따라 별등급을 매겨 놓았어요.

우리 책의 구성을 소개합니다.

읽기 전 활동

준비하기

이야기를 이해하기 위해 배경지식을 확인하며 이야기에 대한 호기심을 높이는 활동

훑어보기

이야기에 나오는 그림을 먼저 보고 내용을 상상해 보면서 이해를 높이는 활동

읽기 활동

들어보기

주제를 생각하며 이야기를 직접 읽는 독해 활동

따져보기

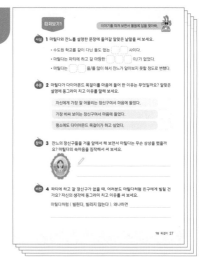

사고력을 기르는 하브루타식 문제를 풀어보며 토론해 보는 활동

- **읽기 전 활동:** 내용을 짐작하고 관련 정보와 사전 지식을 검토해 보는 활동
- **읽기 활동:** 이야기를 읽고, 문제를 풀며 사고력을 높이는 활동
- **읽은 후 활동:** 이야기를 창의적, 논리적으로 해석하며 생각을 키우는 활동

읽은 후 활동

내용을 잘 이해하고 기억하는지 확인하는 활동

창의융합형 활동으로 창의력을 기르는 활동

이야기의 주제를 창의적으로 해석해서 글로 표현하는 쓰기 활동

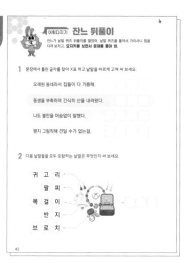

주요 어휘와 낱말을 문제로 풀면서 익히는 어휘 활동

5권과 6권의 커리큘럼을 소개합니다.

권	장	제목	핵심역량	키워드	글감	관련 교과
5	1	목걸이	자기관리	욕심, 허영심	기 드 모파상 작품	• [국어 4학년 1학기] 내가 만든 이야기 • [사화 4학년 2학기] 경제 활동과 현명한 선택 • [국어 6학년 2학기] 정보를 활용한 기사문
	2	왕과 매	의사소통	희생, 우정	몽골 비사	• [국어 2학년 1학기] 마음을 전하는 편지 쓰기 • [국어 3학년 2학기] 작품 속 인물이 되어 • [국어 5학년 1학기] 추론하며 읽기
	3	아트리의 종	공동체	정의, 공존	이탈리아 옛이야기	• [국어 2학년 2학기] 일이 일어난 차례를 살펴요 • [국어 3학년 1학기] 일이 일어난 까닭 • [국어 6학년 2학기] 효과적인 관용 표현
	4	호동 왕자와 낙랑 공주	지식정보 처리	양자택일	삼국사기	• [국어 4학년 2학기] 의견이 드러나게 글을 써요 • [국어 6학년 2학기] 인물의 삶을 찾아서 • [국어 6학년 2학기] 효과적인 관용 표현
6	1	똥강아지 꿀강아지	공동체	재치, 창의적 발상	우리나라 옛이야기	• [국어 2학년 2학기] 간직하고 싶은 노래 • [국어 4학년 1학기] 사전은 내 친구 • [국어 6학년 2학기] 효과적인 관용 표현
	2	꾀와 거짓말	창의적 사고	꾀, 문제해결력	삼국사기	• [국어 1학년 2학기] 겪은 일을 글로 써요 • [사회 5학년 2학기] 나라의 등장과 발전 • [국어 5학년 2학기] 중요한 내용을 요약해요
	3	바보 마을 고담	창의적 사고	창의적 발상, 유머	영국 옛이야기	• [국어 4학년 2학기] 독서 감상문을 써요 • [국어 4학년 1학기] 인물의 마음을 알아봐요 • [국어 3학년 1학기] 일이 일어난 까닭
	4	크리스마스 선물	심미적 감성	희생, 배려	오 헨리 작품	• [국어 1학년 2학기] 인물의 말과 행동을 상상해요 • [국어 6학년 2학기] 정보와 표현을 판단해요 • [국어 5학년 1학기] 주인공이 되어

차례

11

가리사니 회의에 초대합니다

나는 이야기나라의 가라사대왕이에요.
제3차 가리사니 화상 회의가 시작됩니다.
가라사니 친구들이 다 모여 이야기꽃을
피우는 자리예요. 처음이라고요? 쑥스럽다고요?
괜찮아요, 우리는 원래
친구 사이인걸요.

회의 참가

이야기나라 제3차 가리사니 화상 회의를 시작하겠어요. 음, 처음 온 친구들도 있네요. 앞으로 함께 할 가리사니 친구들이니까 모두들 박수로 환영해 주세요.

 가라사대왕님, 이번에는 어떤 사건인가요? 빨리 알려 주세요.

↳ 궁금해서 현기증 나요.

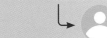 어, 나만 그런가? 지난번 사건은 정말 애먹었어. 골치 아팠다고!

↳ 나도 나도. 그래도 재미있었어.

 와, 가라사대왕님은 나이를 안 드시나 봐요! 작년하고 똑같아요!

↳ 옷도 똑같은 건 안 비밀….

 야, 너 수현이지? ○○초! 너도 가리사니였어? 깜놀!!!!!!

2장 왕과 매

1장 목걸이

이야기나라

3장 아트리의 종

4장 호동 왕자와 낙랑 공주

Z-Z-Z

15

내가 다스리는 이야기나라는 재미있고 별난 일이 많은 곳이에요. 온갖 동물과 식물, 하늘, 땅, 바다, 심지어는 귀신과 도깨비도 어울려 살아가는 곳이니까요. 하지만 말썽도 많고 따따부따 다툼도 많아요. 별난 물건, 엉뚱한 짐승, 남다른 이들이 모여 사니 그럴 수밖에요.

늘 그렇지만 문제가 생기면 모두들 나를 찾는답니다. 이게 무엇인지, 어떤 게 옳은지, 어느 게 진짜인지 가려 달라고 말이에요. 하지만 나 혼자서는 벅차고 힘들어요. 까다롭고 성가신 문제가 얼마나 많은데요! 그래서 우리 친구들에게 가리사니가 되어 달라고 부탁한 거예요. 가리사니는 여기 이야기나라에서 벌어지는 문제들을 해결해 주는 이야기나라의 관리 같은 거예요. 여러분도 가리사니가 되어서 나를 도와주었으면 해요. 가리사니라는 말은 사물을 판단하는 힘이나 능력을 뜻하는 순우리말에서 따왔어요. 벌써 많은 가리사니들이 이야기나라의 문제를 해결하면서 수많은 보고서를 보내주고 있어요.

어렵지 않냐고요?

걱정하지 마세요. 뿌토가 여러분을 도와줄 거예요.

가리사니 보고서

안녕,
내가 바로
뿌토야.

부엉이처럼 큰 눈에, 토끼같이 귀가 크지? 그래서 처음에 이름이 '부토'였는데, 친구들이 장난스럽게 부르다 보니 **뿌토**가 되었어. 나는 눈과 귀가 커서 그런지 눈썰미도 좋고 잘 들어서 아는 것도 엄청 많아. 내가 가리사니들이 무엇을 따져 봐야 할지 콕콕 짚어 줄게.

가리사니가 되면 요지경과 요지카를 선물로 받을 수 있어. 재미있겠지? 그러니까 나만 믿고 잘 따라와!

요지경은
앞으로 만나게 될 이야기를
그림으로 먼저 보여 주는
요술 거울 같은 거야.

요지카는
중요한 낱말을 익히는 데
도움을 주는 요술 낱말
카드 같은 거야.

1장

목걸이

잔느가 친구 마틸다에게 빌려주었던 다이아몬드 목걸이 때문에 딱한 사정이 생겼나 봐. 무슨 일인지 들어 보고 어떡하면 좋을지 말해 줘.

진짜 가짜

두 사람 모두 다이아몬드 반지를 가지고 있어. 두 사람과 반지를 잘
살펴보고 **물음에 대한 네 생각에 동그라미 쳐 봐.**

1 누구의 반지가
더 비싼 것일까?

2 두 사람의 반지는
다른 것일까?   같다   다르다

3 누구의 반지가
더 소중한 것일까?

가라사대왕이 이야기나라의 보물, 요지경을 선물로 주었어.
요지경을 보면서 무슨 일이 벌어졌는지 짐작해 보자.

 먼저, 전개도를 이용해서 요지경을 직접 만들어 보자. 활동지 1~4쪽

 요지경에 있는 그림을 요리조리 살펴보자.

 짐작되지 않거나
궁금한 그림에는 동그라미!

잔느 이야기

어쩌면 좋아요. 마틸다는 제가 빌려준 목걸이가 진짜 다이아몬드 목걸이라고 생각했나 봐요. 겨우 오십 프랑짜리 가짜 목걸이인데…. 잃어버린 가짜 대신 진짜를 마련하느라 얼마나 고생했을지 모르겠어요, 에후!

마틸다를 십 년 만에 다시 만난 건 어제 일요일이었어요. 아이를 데리고 샹젤리제 거리를 산책하고 있었는데 갑자기 누가 '잔느' 하고 제 이름을 부르더라고요. 길거리에서 제 이름을 서슴없이 부르는 사람이 누구인가 하고 돌아봤지요.

● ㅅㅅㅇㅇ : 망설이거나 머뭇거리지 않고.

허름한 옷차림에 나이도 저보다 훨씬 많아 보이는 어떤 여자가 터벅터벅 제 곁으로 다가오더라고요. 아무리 봐도 낯선 사람이라서 말까지 더듬으면서 말했어요.

"사람을 잘못 본 것 같은데요."

제가 알아보지 못하자 그 사람은 자신이 마틸다라고 하더라고요. 제 친구, 마틸다요! 마틸다와 저는 수도원 학교 기숙사에서 한 방을 쓰며 지냈어요. 마틸다는 아주 예쁘고 고운 친구였지요.

그런데 세상에, 마틸다가 변해도 너무 많이 변했더라고요. 마틸다는 예전에 로와젤 씨와 결혼했는데, 교육부에서 일하는 로와젤 씨는 성실했지만 가난했어요.

● ㅎㄹㅎㄷ(ㅎㄹㅎ) : 낡고 오래된 듯하다.

하지만 저는 그런 것에 별 관심이 없어서 마틸다가 결혼하고 나서도 둘도 없는 친구로 지냈지요. 마틸다도 살림이 넉넉하지 않아 우울한 눈치였지만 티 내지 않으려고 했던 것 같아요. 그런데 언제부터인가 연락이 뜸해지더니, 결국 십 년이 지나고서 이렇게 길거리에서 다시 만나게 된 거예요.

그래도 그렇지요. 그 예쁘고 고운 친구가 어떻게 그렇게 알아보지 못할 정도로 변했는지 몰라요. 부자는 아닌 줄 알았지만 그렇게 어려운 줄은 몰랐어요. 도대체 무슨 고생을 얼마나 했길래 사람이 이렇게 변했는지 깜짝 놀랐다니까요.

● ㄷㄷ ㅇㄷ(ㄷㄷ ㅇㄴ) : 오직 하나뿐이고 더 이상은 없다.

24

어쨌든 저는 마틸다에게 친구를 알아보지 못해서 미안하다고 했어요. 마틸다는 자신이 많이 변해서 그렇다며 괜찮다고 했어요.

마틸다는 그동안 말도 못하게 고생을 했다고 하더라고요. 그런데 말이에요. 자신이 이렇게 변한 것은 다 저 때문이라고 하지 뭐예요! 십 년 만에 알아보지 못할 정도로 달라진 게 저 때문이라니. 무슨 소리를 하는 건지 도무지 영문을 모르겠더라고요.

"기억나니? 그 다이아몬드 목걸이 말이야. 내가 빌렸던 네 목걸이. 있잖아 왜, 교육부 장관 댁 파티에 갈 때 쓴다고 빌려 달라고 했던 것 말이야."

마음이 울컥하는 것을 꾹 참는 듯 마틸다의 목소리가 갈라졌어요. 마틸다의 말을 듣고 보니 기억이 나더라고요. 예, 십 년 전쯤에 그런 일이 있었어요.

● ㅇㅁ : 일이 돌아가는 형편이나 그 까닭.

마틸다의 남편인 로와젤 씨가 교육부 장관 댁에서 열리는 파티에 초대를 받았어요. 부인인 마틸다와 함께 말이에요. 그날 마틸다는 저를 찾아와서 파티에 하고 갈 마땅한 장신구가 없다고 털어놓았어요. 친한 친구가 딱한 사정을 이야기하는데 당연히 도움을 주고 싶었죠. 제가 잘 쓰던 장신구들을 꺼내다가 보여 주면서 빌려주겠다고 했어요. 마틸다는 팔찌, 귀고리, 진주 목걸이, 보석 십자가, 반지 등등 거울 앞에서 이것저것 해 보더라고요. 하지만 다 마음에 들어 하지 않았어요.

그래서 마음대로 더 고르라고 죄다 꺼내 주었지요. 그랬더니 빨간 비단으로 싼 상자에서 다이아몬드 목걸이를 집어 들더라고요. 떨리는 손으로 목걸이를 달더니 거울에 자기 모습을 비춰 보고는 매우 흐뭇해 했어요.

● ㅈㅅㄱ : 몸이나 옷차림을 보기 좋게 꾸미는 데 쓰는 물건.

26

이야기를 따져 보면서 물음에 답을 찾아봐.

사실 **1** 마틸다와 잔느를 설명한 문장에 들어갈 알맞은 낱말을 써 보세요.

- 수도원 학교를 같이 다닌 둘도 없는 ☐☐ 사이다.
- 마틸다는 파티에 하고 갈 마땅한 ☐☐☐ 이/가 없었다.
- 마틸다는 ☐☐ 을/를 많이 해서 잔느가 알아보지 못할 정도로 변했다.

추론 **2** 마틸다가 다이아몬드 목걸이를 마음에 들어 한 이유는 무엇일까요? 알맞은 설명에 동그라미 치고 이유를 말해 보세요.

자신에게 가장 잘 어울리는 장신구여서 마음에 들었다.

가장 비싸 보이는 장신구여서 마음에 들었다. ☐

평소에도 다이아몬드 목걸이가 하고 싶었다. ☐

창의 **3** 잔느의 장신구들을 거울 앞에서 해 보면서 마틸다는 무슨 상상을 했을까요? 마틸다의 속마음을 짐작해서 써 보세요.

🖉 _____

_____

비판 **4** 파티에 하고 갈 장신구가 없을 때, 여러분도 마틸다처럼 친구에게 빌릴 건가요? 자신의 생각에 동그라미 치고 이유를 써 보세요.

마틸다처럼 (빌린다, 빌리지 않는다). 왜냐하면 _____

_____

저는 좀 꺼림칙했지만 마틸다가 그 목걸이를 너
무 마음에 들어 해서 빌려주기로 했어요. 마틸다
가 그 목걸이를 꼭 품고 돌아가는 모습은 지금도
또렷이 기억나요. 그런데 세상에 그 목걸이를 글
쎄, 마틸다가 파티에 하고 갔다가 그만 잃어버렸
다는 거예요.

저는요, 얘가 무슨 뚱딴지같은 소리를 하나 싶었어요. 저는 그 목걸이를 분명
히 돌려받았거든요. 아, 물론 파티에 다녀온 뒤 좀 늦게 돌려받기는 했지만요.
목걸이 고리가 망가져서 수리를 맡겼다고 일주일 정도 늦는다고 마틸다가 편지
로 사정을 알려 주길래 뭐, 그럴 수도 있지 하고 그냥 넘어갔었어요. 목걸이를
일주일이 더 지난 후에 돌려받아서 조금 나무랐던 기억이 있지만요.

그런데 그게 아니었던 거예요. 마틸다가 돌려준 것은 사실은 아주 비슷하지만
다른 목걸이였대요. 정말 어이없더라고요.

"네게 돌려준 그 목걸이를 사느라 여기저기서 빌린 돈이 오만 프랑이나 돼. 그
돈을 다 갚는 데 꼭 십 년이 걸리더라."

마틸다의 이야기를 듣던 저는 하마터면 소리를 지를 뻔했어요. 세상에!

● ㄲㄹㅊㅎㄷ(ㄲㄹㅊㅎㅈㅁ) : 마음에 걸려서 언짢고 싫은 느낌이 있다.
● ㄸㄸㅈㄱㄷ(ㄸㄸㅈㄱㅇ) : 행동이나 생각 따위가 엉뚱하다.
● ㄴㅁㄹㄷ : 잘못을 가리키며 꾸짖다.

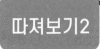

이야기를 따져 보면서 물음에 답을 찾아봐.

 1 마틸다가 다이아몬드 목걸이를 마음에 들어 하자 잔느는 왜 꺼림칙했을까요? 잔느의 속마음으로 알맞은 내용을 찾아 동그라미 쳐 보세요.

다이아몬드 목걸이가 비싸서 빌려주기 싫었다.

마틸다에게 다이아몬드 목걸이가 어울리지 않아서 꺼림칙했다.

다이아몬드 목걸이가 가짜라는 사실을 말할지 말지 갈등했다.

 2 왜 마틸다는 목걸이를 잃어버렸다고 솔직하게 말하지 않았을까요? 이유를 써 보세요.

 3 물건을 잃어버렸을 때 어떤 마음이 들었는지 감정 카드에 표현해 보세요. 표정 스티커를 붙이고 감정을 표현하는 낱말을 써 보세요.

"너도 알겠지만 재산이라고는 아무것도 없는 우리 부부에게는 정말 힘겨운 일이었어. 남편은 매일 죽을상을 하고 다녔지. 이제서야 간신히 갚고 나니 마음이 편안해."

저는요, 정신이 아찔해서 한동안 말이 나오지 않았어요. 정신을 차리고 정말 빌려준 목걸이 대신 다른 다이아몬드 목걸이를 사서 돌려주었냐고 물었지요, 믿을 수가 없어서요.

"응, 맞아. 너 몰랐구나. 하긴 모양이 거의 똑같은 목걸이였으니까. 그걸 찾아내느라고 정말 애 많이 먹었어."

마틸다는 마음이 뿌듯한 듯 순진하게 웃으며 말했어요. 그 모습을 보는 저는 까무러치는 줄 알았어요. 숨이 턱 막히는 걸 간신히 참고 마틸다의 두 손을 꼭 붙잡았어요. 그러고는 손을 벌벌 떨면서 말했어요.

● ㅈㅇㅅ : 거의 죽을 것처럼 괴로워하는 표정.
● ㄱㅅㅎ : 매우 힘겹게 겨우.

따져보기3

이야기를 따져 보면서 물음에 답을 찾아봐.

 사실 **1** 잔느의 다이아몬드 목걸이와 마틸다가 산 다이아몬드 목걸이는 각각 얼마였는지 써 보세요.

잔느의 목걸이 _____ 프랑

마틸다의 목걸이 _____ 프랑

 비판 **2** 목걸이를 잃어버린 마틸다가 다른 목걸이를 사서 돌려준 행동은 잘한 것일까요? 자신의 생각에 동그라미 치고 이유를 써 보세요.

마틸다가 (잘했다고, 잘못했다고) 생각한다. 왜냐하면 _____

_____

 창의 **3** 마틸다의 남편은 힘든 나머지 매일 죽을상을 하고 다녔다고 해요. 죽을상은 어떤 표정인지 상상해 보고 표정 스티커를 붙여 보세요.

 추론 **4** 마틸다는 목걸이를 잃어버렸던 사실을 왜 십 년이 지나서야 말을 하는 걸까요? 이유를 생각해서 써 보세요.

_____

_____

"어떡하면 좋으니, 마틸다! 내가 빌려준 목걸이는 가짜 다이아몬드 목걸이야. 고작해야 오십 프랑밖에 안 되는….."

제 말을 들은 마틸다의 표정을…, 어떻게 표현해야 할지 모르겠어요.

"처음에 네가 그 목걸이를 빌려 달라고 했을 때, 가짜라고 말해 줄걸. 나는 네가 그 목걸이를 진짜 다이아몬드 목걸이라고 생각할 줄은 몰랐어. 미안해, 마틸다."

일이 이렇게 된 거예요. 이제 어떡해야 할까요? 저는요, 도대체 무엇이 잘못되었는지 잘 모르겠어요. 제가 마틸다를 속이려고 한 건 아니지만 마치 마틸다가 저한테 속은 것도 같아서요. 게다가 마틸다가 준 이 진짜 다이아몬드 목걸이는 또 어떡해야 하지요? 누가 이 목걸이를 가져야 할까요?

따져보기4

이야기를 따져 보면서 물음에 답을 찾아봐.

 추론 **1** 왜 잔느는 목걸이를 빌려줄 때 가짜라는 말을 하지 않았을까요? 알맞은 이유에 모두 동그라미 치고, 또 다른 이유도 생각해서 말해 보세요.

마틸다를 속이려고 거짓말을 했다.

마틸다가 진짜 목걸이라고 생각할 줄 몰랐다.

마틸다가 목걸이를 너무 좋아해서 가짜라는 말을 못했다.

 논리 **2** 왜 마틸다는 목걸이가 진짜라고 생각했을까요? 다음 설명에 타당하다고 생각하는 만큼 별점을 매겨 색칠해 보세요.

- 빨간 비단 상자에 담겨 있어서 비싸 보였다.
- 잔느가 나중에 내놓아서 더 소중한 것처럼 보였다.
- 잔느가 가짜라고 하지 않아서 진짜라고 생각했다.

창의 **3** 잔느와 마틸다가 처음부터 솔직하게 말했다면 이야기는 어떻게 달라졌을까요? 다음에서 하나 골라 이야기의 결말을 상상해서 써 보세요.

잔느가 목걸이가 가짜라고
솔직하게 말했다면….

마틸다가 목걸이를 잃어버렸다고
솔직하게 말했다면….

잔느에게 있었던 일을 방송에 내려고 방송국에서 기자가 찾아왔어.
기자의 물음에 잔느는 뭐라고 할까? **물음에 답해 봐.**

안녕하세요?
시소 뉴스에서
나왔습니다.

 누구와 있었던
일인가요?

언제 있었던
일인가요?

무엇 때문에
생긴 일인가요?

어떻게 되었나요?

지금 심정이
어떤가요?

하고 싶은 말은
무엇인가요?

간추리기2 세상에 이런 일이

방송으로 내보낼 잔느의 이야기를 편집해서 주요 장면을 뽑아 봤어.
각 장면에 어울리는 자막을 써 봐.

10년 만에 밝혀진 목걸이의 진실

마틸다와 잔느, 두 친구의 오해와 진실…

짚어보기1 베블런 효과

베블런이라는 사람이 흥미로운 주장을 했어. 베블런 효과와 관련된
만화를 보고 질문에 답해 봐.

💎 열흘 후 달라진 점은 무엇인지 써 보세요.

> 열흘 후에는…

💎 달라진 이유를 베블런 효과와 연관 지어 써 보세요.

> 베블런 효과는
> 과시하려는 마음이 커서
> 가격이 비쌀수록 더 잘
> 팔리는 현상을 말해.

 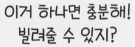

마틸다가 가짜 다이아몬드 목걸이를 빌리려고 했을 때, 두 사람의 속마음은 어땠을까? **짐작해서 써 봐.**

이거 하나면 충분해!
빌려줄 수 있지?

우리 사이에…
당연히 빌려주지.

얘가 목걸이를 나중에 내놓는 걸 보니…

얘는 왜 하필 가짜 목걸이를…

진짜 다이아몬드 목걸이는 누구의 것일까? 마틸다와 잔느는 변호사에게 물어보았대. **변호사가 이들에게 뭐라고 답할지 생각해서 써 봐.**

진짜 다이아몬드 목걸이는 제가 샀어요.

이 목걸이는 마틸다가 저에게 직접 주었어요.

목걸이 값을 벌기 위해 십 년 동안이나 일을 했다고요.

제 목걸이라고 생각하고 십 년 동안이나 가지고 있었다고요.

당연히 마틸다 것이지요.

당연히 잔느 것이지요.

짚어보기4 나누기

잔느와 마틸다가 목걸이를 팔아서 받은 돈을 나누어 가지려고 하는데 가격이 올라서 칠만 프랑을 받았대. 돈을 어떻게 나누어야 할지 **액수를 쓰고 그렇게 나눈 까닭을 써 봐.**

오만 프랑짜리가
칠만 프랑이
되었네!

내 몫은 얼마?

내 몫은 얼마?

잔느

마틸다

프랑

프랑

짚어보기5 누구 탓

잔느와 마틸다는 이번 일로 서로를 탓하며 다투었대.
누가 잘못했다고 생각하는지 동그라미 치고 이유를 써 봐.

잔느, 네가 가짜 목걸이라는
말을 안 했잖아! 내가 고생한 건
다 너 때문이야!

↔

마틸다, 네가 처음부터 비싸
보이는 목걸이를 탐낸 거잖아.
네가 고생한 건
다 네 욕심 때문이야!

흥, 장신구를 빌려주겠다고 한 건
바로 너였어! 진짜는 빌려주기
싫으니까 가짜를 빌려준 거겠지.

↔

그 목걸이를 선택한 건 너였어!
내가 진짜인지 가짜인지
너한테 말해 줄 의무는 없어.

처음부터 네가
가짜 목걸이라고 했으면
빌리지 않았을 거야.

↔

차라리 잃어버렸을 때,
솔직하게 말하지 그랬니?
그러면 이런 일은 없었을 텐데.

(마틸다, 잔느)가 잘못했다. 왜냐하면

잔느는 목걸이를 어떻게 해야 할지 모르겠나 봐. 네가 작가라면 목걸이를 어떻게 할지 **뒷이야기를 상상해서 써 봐.**

1

뒤에 이어질 내용을
상상해 봐.

단, 뒷이야기에서는
등장인물의 성격이나 특징,
이야기의 배경 등도
이어지면 좋아.

2

새로운 사건을 만들어 봐.

앞에서 일어난 사건과
관계가 있으면 좋아.

3

사건이 충분히 이해되도록
이야기를 연결해 봐.

인물의 말이나 행동이
설득력 있게 표현되면 좋아.

제목

어휘다지기 **잔느 뒤풀이**

잔느가 낱말 퀴즈 뒤풀이를 열었어. 낱말 퀴즈를 풀어서 가리사니 힘을 다져 보자고. **요지카를 보면서 문제를 풀어 봐.**

1 문장에서 틀린 글자를 찾아 X표 하고 낱말을 바르게 고쳐 써 보세요.

오래된 동네라서 집들이 다 거름해.

동생을 부축하여 간식히 산을 내려왔다.

나도 불만을 머슴없이 말했다.

왠지 그림칙해 견딜 수가 없는걸.

2 다음 낱말들을 모두 포함하는 낱말은 무엇인지 써 보세요.

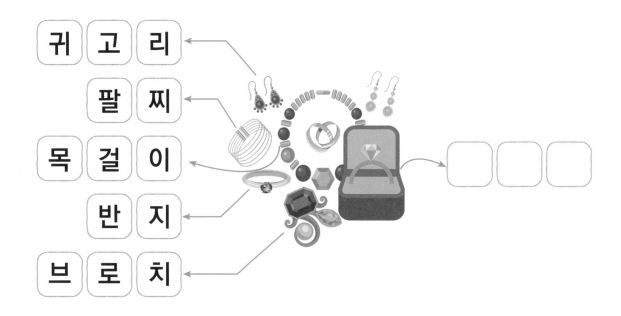

귀	고	리
팔	찌	
목	걸	이
반	지	
브	로	치

42

3 다음은 어이없는 듯해도 그럴듯한 낱말 수수께끼예요. 빈칸에 들어갈 낱말을
골라 선을 그어 보세요.

정말 　　도 없어야 하는

친구는?

남자(여자)친구지!

나무

나무를 나무라고 하는데
나무가 화내는 까닭은?

　　　라서지 !

죽을상

영어로 써넣은 글을 알아보기
어려운 까닭은?

　　을 몰라서지!

둘

죽이 매일 밥상에 올라오면
짓는 표정은?

　　　이지!

영문

2장

왕과 매

조리모리가 테무친이 챠간숑홀에게 저지른 일을 두고
고민하고 있나 봐. 조리모리의 마음을 이해해 보고,
어떡하면 좋을지 말해 줘.

송골매

다음은 몽골에 있는 송골매 동상이야. 몽골의 어떤 왕이 만든 것이라는데 **동상을 꼼꼼히 살펴보고, 짐작되는 대로 물음에 답해 봐.**

화가 나서 하는 일은 실패하기 마련이다.

잘못된 일을 하더라도 벗은 여전히 벗이다.

1 동상의 송골매는 어떤 새였을까?

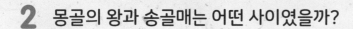

2 몽골의 왕과 송골매는 어떤 사이였을까?

3 송골매 날개의 글은 몽골 왕이 새기게 했는데 왕은 왜 저런 글을 새기게 했을까?

가라사대왕이 이야기나라의 보물, 요지경을 선물로 주었어.
요지경을 보면서 무슨 일이 벌어졌는지 짐작해 보자.

 먼저, 전개도를 이용해서 요지경을 직접 만들어 보자. 활동지 5~8쪽

 요지경에 있는 그림을 요리조리 살펴보자.

짐작되지 않거나
궁금한 그림에는 동그라미!

이야기를 읽으면서 중요한 낱말은 요지카로 익혀 보자.

초성으로 제시된 낱말을 찾아 색칠해 봐. 활동지 19쪽

조리모리 이야기

 저기 금빛 송골매 동상 보이죠? 저 친구는 이름이 챠간숑홀인데요, 원래는 흰빛 송골매였어요. 챠간숑홀이라는 이름의 뜻이 '흰빛 송골매'라고 해요. 그런데 왜 동상이 되었냐고요?

 지금부터 저 친구 얘기를 들려줄게요. 뭐, 어쩌면 챠간숑홀과 나 그리고 테무친, 이렇게 우리 셋의 안타까운 이야기인지도 모르겠어요. 우리 셋은 참 가까운 친구였으니까요. 아무튼 챠간숑홀의 동상을 볼 때마다 이상한 마음이 들어요. 복잡하고 불안한 느낌이어서 늘 마음이 무겁거든요.

저는 **조리모리**라고 해요. 몽골의 조랑말이랍니다. **테무친**이 세 살이 되었을 때 처음 만났어요. 그리고 **챠간숑홀**은 새끼 때부터 테무친이 길들여 함께 매사냥을 나가던 송골매예요. 우리 셋은 어릴 때부터 함께 자라서 서로 눈빛만 봐도 통하는 사이였어요.

테무친은 여기 몽골의 젊은 왕이에요. 테무친의 이름은 '푸른 이리'라는 뜻인데요, 이름처럼 날래고 용맹한 전사이기도 해요. 여러 부족으로 나누어져 있던 몽골을 통일하기도 했고요. 수많은 나라를 정복하고 있는 중이랍니다. 사람들이 테무친 같이 대단한 왕은 없다고 하던데요. 그건 잘 모르겠고 제게는 그냥 어릴 적부터 함께 초원을 달리던 친구일 뿐이에요.

• ㄱㄷㅇㄷ(ㄱㄷㅇ) : 어떤 일에 익숙하게 하다.
• ㄴㄹㄷ(ㄴㄹㄱ) : 움직임이 나는 듯이 빠르다.

　어쨌건, 그 일이 일어난 건 테무친이 전쟁터에서 돌아온 어느 여름날이었어요. 테무친은 오랜만에 부하들을 거느리고 매사냥을 나섰더랬어요. 물론 저도 테무친을 등에 태우고 나섰지요. 매사냥이니까 당연히 챠간숑홀도 여느 때처럼 테무친의 팔뚝에 앉아 있었고요. 언제든 사냥감이 눈에 띄면 곧장 하늘 높이 날아올라 화살처럼 내리 덮칠 참이었지요. 저녁에 사냥한 사냥감들로 한바탕 잔치를 벌일 생각에 모두들 신이 나 있었지요. 테무친과 저, 챠간숑홀은 하루 종일 사냥터를 달리고 돌아다녔어요.

● ㅇㄴ : 특별하지 않은 보통의.
● ㄴㄹ : 위에서 아래로.

그러나 생각대로 되지 않았어요. 그날따라 사냥감이 잘 보이지 않았거든요.
해 질 무렵이 되자 거의 빈손으로 돌아갈 수밖에 없었지요.

모두들 지름길을 골라 집으로 돌아가기로 했지만 테무친은 일부러 개울을 지
나가는 더 먼 길로 돌아가기로 했어요. 돌아가는 길에 사냥감을 좀 더 찾아볼 셈
이었지요. 왕으로서 체면이 서지 않아서 그랬던 것 같아요. 전에 자주 가 보았던
곳이라서 좀 돌아간다 해도 부하들과 거의 비슷한 시간에 도착할 거라고 짐작했
어요. 그래서 부하들 몰래 슬쩍 빠져서 개울로 향하는 길로 접어들었지요.

그렇게 얼마쯤 길을 갔을까요. 사냥감은 보이지 않고 테무친도 저도 목이 무
척 말랐어요. 챠간숑홀도 갑자기 훌쩍 날아올라 어디론가 가 버리더라고요. 눈
이 밝은 챠간숑홀이 어디 사냥감이라도 발견했나 싶었지요.

● ㅂㅅ : 가진 재산이나 밑천이 없는 상태.

그러나 테무친과 전 걱정하지 않았어요. 이 근처에 샘이 있다는 것을 알고 있었거든요. 무더운 여름 날씨에 개울은 바짝 말라도 그 샘은 끄떡없었어요. 마침내 바위 가장자리에서 똑똑 떨어지고 있는 샘물을 발견했답니다.

테무친은 제 등에서 내려 가방에서 조그만 은잔을 꺼냈어요. 그리고는 천천히 떨어지는 물방울을 받기 시작했지요. 제법 시간이 걸렸지만 마침내 잔이 거의 찼어요. 그런데 테무친이 잔을 들어 막 마시려고 할 때였어요. 갑자기 공중에서 휙 하는 소리가 나더니 테무친의 잔을 떨어뜨리는 것이 아니겠어요. 무슨 까닭인지 챠간송홀이 나타나 테무친의 은잔을 툭 쳐서 떨어뜨린 것이었어요. 그리고는 몇 차례 앞뒤로 오락가락하더니 바위 위에 내려앉더라고요.

● ㅇㄹㄱㄹㅎㄷ (ㅇㄹㄱㄹㅎㄷㄴ) : 계속해서 왔다 갔다 하다.

따져보기1

이야기를 따져 보면서 물음에 답을 찾아봐.

 사실 **1** 이야기의 세 주인공을 어울리는 낱말끼리 선으로 잇고 알맞은 인물 스티커를 붙여 보세요.

스티커 **테무친** •

스티커 **조리모리** •

스티커 **챠간숑훌** •

- 흰빛 송골매
- 조랑말
- 젊은 왕
- 푸른 이리
- 금빛 동상
- 친구

 추론 **2** 조리모리에게 테무친은 어떤 사람인가요? 빈칸에 들어갈 낱말을 쓰고, 알맞은 답을 찾아 동그라미 쳐 보세요.

• 테무친은 몽골을 통일한 대단한 _____ (이)다. ◯

• 테무친은 날래고 용맹한 _____ (이)다. ◯

• 테무친은 어릴 적부터 함께 초원을 달리던 _____ (이)다. ◯

 추론 **3** 매사냥은 무엇일까요? 이야기에 나온 내용을 바탕으로 매사냥에 대한 알맞은 설명을 찾아 번호를 써 보세요. (   )

"언제든 사냥감이 눈에 띄면
곧장 하늘 높이 날아올라
화살처럼 내리 덮칠 참이었지요."

"눈이 밝은 챠간숑훌이
어디 사냥감이라도
발견했나 싶었지요."

① 매사냥은 매를 활이나 올가미 따위로 잡는 일이다.

② 매사냥은 막대기나 몽둥이 따위로 짐승을 잡는 일이다.

③ 매사냥은 길들인 매로 짐승을 잡는 일이다.

④ 매사냥은 매를 미끼로 짐승을 잡는 일이다.

테무친은 챠간숑홀이 장난을 친다고 생각하고는 짜증을 내며 다시 잔을 집어 들고 샘물을 받기 시작했지요. 이번에는 잔이 반쯤 차자 마시려고 했어요. 하지만 잔이 입에 닿기도 전에 또 챠간숑홀이 쳐서 떨어뜨리는 것이었어요. 테무친은 화가 났지만 꾹 참고 다시 샘물을 받더라고요. 그러나 이번에도 잔을 들어 마시려고 하자 챠간숑홀이 어느새 쏜살같이 날아와 잔을 떨궈 버리는 거예요. 테무친은 화가 머리끝까지 난 모양이더라고요.

"무슨 짓이야! 내 팔뚝에 있었더라면 모가지를 비틀어 버렸을 거야!"

버럭 소리치면서 다시 잔을 채웠어요. 그런데요, 이번에는 테무친이 물을 마시기 전에 칼을 뽑아 들더라고요. 단단히 벼르는 것 같았어요. 어째 꼭 큰일이 벌어질 것만 같았다니까요.

"한 번만 더 그래 봐, 아주⋯."

따져보기2

이야기를 따져 보면서 물음에 답을 찾아봐.

논리 **1** 챠간숑홀이 테무친의 잔을 떨어뜨릴 때마다 테무친의 마음은 어떻게 달라졌는지 쓰고 마음이 달라진 이유도 써 보세요.

> 첫 번째 잔이 떨어지자
>
> _____ 이/가 났다.

⇨

> 두 번째 잔이 떨어지자
>
> _____ 이/가 났다.

_____

추론 **2** 칼을 뽑아 든 테무친은 어떤 마음을 먹고 있었을까요? 테무친의 마음을 이어서 써 보세요.

"한 번만 더 그래 봐, 아주…

_____
"

비판 **3** 테무친이 챠간숑홀한테 화를 내는 건 잘못된 행동일까요? 자신의 생각에 동그라미 치고 이유를 써 보세요.

테무친이 화를 내는 건 (잘못된, 당연한) 행동이다. 왜냐하면

_____

_____

창의 **4** 테무친과 챠간숑홀을 지켜보는 조리모리의 마음은 어땠을까요? 조리모리의 마음을 표현할 수 있는 낱말을 써 보세요.

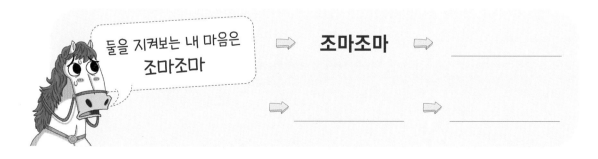

둘을 지켜보는 내 마음은
조마조마

⇨ **조마조마** ⇨ _____

⇨ _____ ⇨ _____

하지만 테무친의 말이 끝나기도 전에 챠간숑홀이 또 날아들었어요! 그러자 아니나 다를까요, 테무친이 단칼에 챠간숑홀을…!

챠간숑홀은 피를 흘리며 테무친의 발치에 쓰러지고 말았어요.

"이 녀석, 버릇없는 짓거리에 대한 벌이다."

테무친은 씩씩대더군요. 그러고는 떨어진 잔을 찾아 들더니 바위를 기어 올라갔어요. 아예 샘에 가서 물을 떠 마실 생각이었나 봐요. 그런데 샘물을 뜨려던 테무친이 멈칫하는 게 아니겠어요.

울상이 되어 한동안 샘물만 들여다보더라고요. 무슨 일이냐고요? 글쎄, 샘물에 뱀이 죽어 있는 거예요. 그것도 무시무시한 독사가요. 독사가 품고 있던 독이 샘물에 퍼졌을 텐데, 만약 그 샘물을  마셨더라면 어떻게 되었을까요? 휴, 생각만 해도 아찔해요.

"아, 이런 줄도 모르고 친구를 베어 버리다니!"

테무친은 목이 마른 것도 잊은 채 울먹울먹하더군요. 저도 챠간숑홀이 왜 한사코 테무친의 잔을 엎질러 버렸는지 알 것 같았어요. 테무친은 바닥에 쓰러진 챠간숑홀을 안고 집으로 돌아왔어요. 이번 일로 뼈아픈 교훈을 얻었다고 하더군요.

- ㄷㅋ : 베거나 찌르기 위해서 칼을 한 번 휘두르는 것.
- ㅂㅊ : 발이 있는 쪽.
- ㅃㅇㅍㄷ(ㅃㅇㅍ) : 어떤 감정이 뼈에 사무치도록 깊다.

이야기를 따져 보면서 물음에 답을 찾아봐.

1 챠간숑홀이 테무친의 잔을 계속 엎지른 까닭을 설명한 문장에 알맞은 낱말을 써 보세요.

- 샘에 뱀이 품고 있던 [   ] 이/가 퍼졌다.
- 테무친이 [   ] [   ] 을/를 마시면 죽을 수도 있다.
- 테무친을 구하려고 [   ] 을/를 엎질렀다.

 2 잔을 엎지른 챠간숑홀의 행동을 어떻게 생각하나요? 자신의 생각에 동그라미 치고 이유를 써 보세요.

챠간숑홀의 행동은 (잘한, 잘못한) 일이다. 왜냐하면 _____

_____

 3 테무친이 얻었다고 하는 뼈아픈 교훈은 무엇일까요? 알맞은 설명에 별표 해 보세요.

짐승은 믿을 게 못 된다.

친구가 죽으면 뼈가 아프다. [   ]

화가 났을 때는 잘못하기 쉽다. [   ]

 4 테무친에게 말해 주면 좋을 속담은 무엇일까요? 다음에서 골라 동그라미 치고 이유를 말해 보세요.

- 방귀 뀐 놈이 성낸다. [   ]
- 한번 엎지른 물은 다시 주워 담지 못한다. [   ]
- 아니 땐 굴뚝에 연기 날까. [   ]

테무친은 부하들에게 금으로 챠간숑홀의 동상을 만들도록 했답니다. 그러고는 날개마다 글을 새겨 넣도록 시켰지요.

화나서 하는 일은 실패하기 마련이다.

잘못된 일을 하더라도 벗은 여전히 벗이다.

저 금빛 동상이 바로 그것이랍니다.

전 솔직히 챠간숑홀 동상을 볼 때마다 왠지 섬뜩하고 힘들어요. 왜기는요, 우리는 친구잖아요? 아무리 화가 나도 친구를 베어 버리다니요! 내게도 그런 일이 일어난다면 테무친은 어떻게 할까 의심스러워요. 그래도 여전히 테무친을 벗으로 여기며 함께 지내야 하는지 너무 복잡하고 불안해요.

이렇게 생각하는 제가 이상한 건가요?

◉ ㅅㄸㅎㄷ(ㅅㄸㅎㄱ) : 갑자기 소름이 끼치도록 끔찍하고 무섭다.

따져보기4

이야기를 따져 보면서 물음에 답을 찾아봐.

추론 1 왜 테무친은 챠간숑홀의 동상을 만들고 글을 써넣게 했을까요? 알맞은 설명에 모두 동그라미 쳐 보세요.

- 볼 때마다 뼈아픈 교훈을 되새기려고 글을 써넣었다. ◯
- 챠간숑홀에게 미안함을 표현하려고 동상을 만들었다. ◯
- 자신의 잘못을 용서받으려고 동상을 만들었다. ◯
- 똑똑함을 자랑하고 싶어서 글을 써 넣었다. ◯

논리 2 조리모리가 챠간숑홀의 동상을 볼 때마다 섬뜩하고 힘든 것은 이상한 일일까요? 자신의 생각에 동그라미 치고 이유를 써 보세요.

조리모리가 힘들어 하는 것은 (이상한, 당연한) 일이다. 왜냐하면 _____

_____

비판 3 동상에 새긴 글의 내용이 맞다고 생각하나요? 자신의 생각에 동그라미 치고 이유를 써 보세요.

잘못된 일을 하더라도 벗은 여전히 벗이다.

맞다   틀리다

✏️ _____

창의 4 테무친처럼 화가 난 채 일을 해서 실패했던 경험이 있나요? 자신의 경험을 이야기해 보고, 왜 화가 나서 일을 하면 실패하는지 이유를 써 보세요.

✏️

2장 왕과 매 59

테무친이 사진첩을 정리하면서 기억하기 쉽도록 중요한 내용을 적어 넣으려고 해. **사진에 들어가면 좋을 내용을 써 봐.**

테무친과 챠간숑홀 사이에서 조리모리의 감정은 어땠을까?
감정카드에 그림과 글로 표현해 봐.

테무친이 챠간숑홀을
길들일 때

행복

챠간숑홀이 테무친의
잔을 떨어뜨릴 때

테무친이 챠간숑홀을
죽였을 때

테무친이 챠간숑홀
동상을 만들었을 때

짚어보기1 수박에

챠간숑홀의 죽음은 안타깝지만, 이들은 그렇게 할 수밖에 없었던 이유가 있었대. **무슨 이유 때문인지 이들의 속마음을 짐작해서 써 봐.**

잔을 내칠 수밖에 없었어.

🖉

칼을 빼 들 수밖에 없었어.

🖉

한 번만 더 그래 봐, 아주…

그냥 지켜볼 수밖에 없었어.

🖉

불행한 일이 일어날 걸 알았다면 이들은 다르게 행동했을까? **어땠을지**
써 보고, 후회하는 정도를 점수로 매겨 인물 스티커를 붙여 봐.

챠간송홀

진짜 나를 칼로 벨 줄 몰랐어. 만약 알았다면 나는…

후회도   0 스티커   1   2   3   4   5

조리모리

진짜 챠간송홀을 벨 줄 몰랐어. 만약 알았다면 나는…

후회도   0 스티커   1   2   3   4   5

테무친

진짜 독사가 죽어 있는 줄 몰랐어. 만약 알았다면 나는…

후회도   0 스티커   1   2   3   4   5

짚어보기3 깨달음

조리모리도 느끼고 깨달은 것을 명언으로 만들려고 해. 네가 조리모리라면 **어떤 명언을 할지 멋지게 말을 만들어 봐.**

> 사람들은
> 할 말이 없으면
> 욕을 한다.
>
> -볼테르 (프랑스 사상가)

> 반성하지 않는 삶은
> 살 가치가 없다.
>
> -소크라테스 (고대 그리스 철학자)

 나도 명언 한마디 하자면…

화가 나서 하는 일은

실패하기 마련이다.

잘못된 일을 하더라도

벗은 여전히 벗이다.

짚어보기4 조리모리 동상

조리모리가 나이 들어 죽자 테무친은 이번에도 조리모리의 동상을 만들었대. **조리모리 동상에는 어떤 글을 새길지 짐작해서 써 봐!**

조리모리야,
나를 두고 가지 마,
엉엉엉

여섯 색깔 모자

조리모리의 고민을 풀기 위해 다양하게 생각해 보자. **각 모자가 지시한 대로 생각한 것을 찾아 선을 긋고, 색에 맞는 모자 스티커를 붙여 봐.**

하얀 모자

문제가 무엇인지 사실 그대로 말해 봐.

파란 모자

문제를 해결하기 위해 무엇을 풀어야 하는지 말해 봐.

초록 모자

창의적인 해결 방안을 말해 봐.

빨간 모자

느낌, 기분, 감정 등을 말해 봐.

노란 모자

긍정적인 부분을 말해 봐.

검은 모자

부정적인 부분을 말해 봐.

스티커 — 친구 사이에 각서를 요구하려니까 혼란스럽다.

스티커 — 테무친이 챠간숑홀을 죽여서 조리모리가 테무친을 못미더워한다.

스티커 — 테무친이 약속을 안 지킬 수도 있다.

스티커 — 조리모리가 더 이상 테무친을 믿지 못하는 문제를 풀어야 한다.

스티커 — 다시 조리모리와 테무친이 좋은 관계를 회복할 것 같다.

스티커 — 조리모리에게 테무친이 믿음을 줄 수 있도록 죽이지 않겠다는 각서를 써 준다.

보고하기 편지글

조리모리는 계속 테무친과 벗으로 지내도 되는지 모르겠다고 해. **조리모리가 어떻게 하면 좋을지 조리모리에게 편지글을 써 봐.**

 편지글을 쓰는 방법을 알려 줄게.

받을 사람
편지 받을 사람을 써 봐.

첫인사
편지 받을 사람에게 인사하고 안부를 물어봐.

전하고 싶은 말
편지로 전하고 싶은 말을 알기 쉽게 써 봐.

편지 받을 사람이 잘 지내기를 바라는 마음으로 인사해.

끝인사

편지 쓴 날짜를 써.

쓴 날짜

편지를 보내는 사람의 이름을 써.

쓴 사람

★ 이름 뒤에 윗사람에게는 올림 혹은 드림을 쓰면 돼. 아랫사람이나 같은 또래에게는 씀 혹은 보냄을 쓰면 돼.

보냄

어휘다지기 # 조리모리 뒤풀이

조리모리가 낱말 퀴즈 뒤풀이를 열었어. 낱말 퀴즈를 풀어서 가리사니 힘을 다져 보자고. **요지카를 보면서 문제를 풀어 봐.**

---

1 테무친이 어떤 낱말의 반대말이랍시고 중얼대고 있는데 그럴듯해도 다 엉터리예요. 어떤 낱말의 엉터리 반대말을 중얼대는 걸까요? 빈칸에 써 보세요.

쓴칼
베거나 찌르기 위해 칼을 한 번 휘두르는 것을 뜻하는 말의 반대말이지!

손치
발이 있는 쪽을 뜻하는 말의 반대말이지!

찬손
가진 재산이나 밑천이 없는 상태를 뜻하는 말의 반대말이지!

---

2 다음 글에서 잘못 쓰인 글자가 있어요. 틀린 글자에 X표 하고 낱말을 바르게 고쳐 써 보세요.

무더운 여름날은 어느 때와
다름없었지.
햇살은 땅으로 내려 쏟아지고
우리는 마침내 헤어졌지.

3 조리모리가 이야기에 나오는 낱말로 수수께끼를 냈어요. 수수께끼를 풀어서 빈 칸에 알맞은 낱말을 써 보세요.

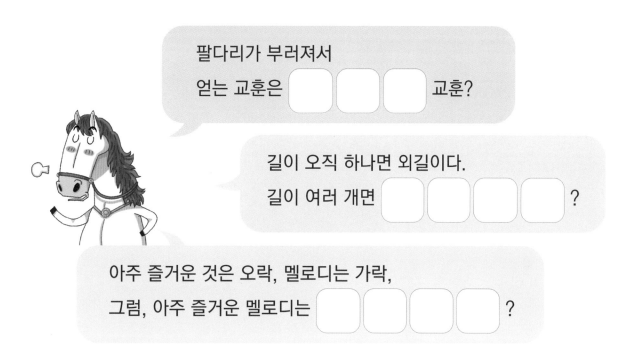

팔다리가 부러져서
얻는 교훈은 ☐☐☐ 교훈?

길이 오직 하나면 외길이다.
길이 여러 개면 ☐☐☐☐?

아주 즐거운 것은 오락, 멜로디는 가락,
그럼, 아주 즐거운 멜로디는 ☐☐☐☐?

4 테무친이 차걍숑홀을 생각하면서 시를 썼어요. 빈칸에 들어갈 알맞은 낱말을 써 보세요.

차걍숑홀 본 지 오래다
시간은 정말 ☐래다
그렇게 마음을 달래다

마음에 들땐 마뜩했지
정신을 잃을 땐 아뜩했지
소름 끼칠 땐 ☐뜩했지

3장
아트리의 종

도시 아트리에 사는 기사 까발리에한테 억울한 일이 있었나 봐. 무슨 일이 있었는지 알아보고 어떡하면 좋을지 말해 줘.

다음 만화는 아프리카 반투족의 우분투 이야기야.
만화를 보면서 물음에 대한 네 생각에 동그라미 쳐 봐.

Q 학자의 시합 규칙은 정의로운 것일까?

정의롭다   정의롭지 않다

1등에게   딸기를 다 줄게.

Q 반투족 아이들은 시합에서 반칙한 것일까?

반칙이다   반칙이 아니다

우분투   우분투

훑어보기 세 번째 요지경

가라사대왕이 이야기나라의 보물, 요지경을 선물로 주었어.
요지경을 보면서 무슨 일이 벌어졌는지 짐작해 보자.

 먼저, 전개도를 이용해서 요지경을 직접 만들어 보자. 활동지 9~12쪽

 요지경에 있는 그림을 요리조리 살펴보자.

짐작되지 않거나
궁금한 그림에는 동그라미!

까발리에 이야기

쳇, 뭘 안다고… 저더러 지독하고 고약한 구두쇠랍니다. 게다가 말 한 마리를 돌보는 데 재산의 반을 내놓으라나요. 저 늙어 빠진 까발로 녀석이 죽을 때까지 지낼 마구간과 너른 마당에다 좋은 먹이를 넉넉하게 마련해 주랍니다, 글쎄! 그게 정의라면서요. 나 원 참, 정의는 무슨 얼어 죽을….

아휴, 죄송해요. 하도 화가 나서 그만…. 이 이야기를 어디서부터 어떻게 해야 할지 모르겠네요. 잠시만요, 숨 좀 돌리고요.

● ㅈㅇ : 진리에 맞는 올바른 도리.

휴! 제 이름은 **까발리에**고요, 옛날에는 용맹하고 정의로운 기사였는데요. 이제는 물러나 여기 아트리라는 도시에 살고 있지요. **까발로**는 젊을 때부터 저와 같이 전쟁터를 누비던 말이고요.

 그런데 이 까발로 녀석이 혼자서 광장까지 가서는 거기 있는 종을 울린 거 있죠. 그게 뭐라더라, **정의의 종**이라고 했던가. 아무튼 뭐, 힘없고 억울한 일을 당한 사람이 와서 종을 울리면 재판관들이 곧장 와서 사정을 들어주고 바른 판결을 해 준다나 봐요. 오래전에 아트리의 왕이 큰 종을 사서 종탑에 매달아 놓았는데요, 부자든 가난한 이든 남자든 여자든 어른이든 아이든 억울한 일을 당한 사람이라면 누구나 울릴 수 있어요. 그래서 종을 치는 밧줄을 바닥까지 닿게 해서 아이들도 종을 울릴 수 있게 해 놓았고요. 이름도 **정의의 종**이라고 붙였죠.

● ㄴㅂㄷ : 이리저리 거리낌 없이 다니다.

그 종을 바로 까발로가 울린 거예요. 그렇지요, 이상하지요? 저도 처음에는 사람도 아닌 늙어 빠진 말이 어떻게 그 종을 울렸는지 믿을 수가 없었다니까요! 알고 보니 말도 안 되는 일이 있었더라고요.

정의의 종인지 뭔지가 생기고 여러 해 동안 종이 여러 번 울렸어요. 그때마다 재판관들이 나와서 억울한 일을 바로잡고 나쁜 짓을 한 이에게는 벌을 주었답니다. 그런데요, 억울한 사람이 얼마나 많았는지 종을 당기는 밧줄이 닳아서 아래쪽이 짤막해졌어요. 키 큰 어른 손에나 닿을 정도로요.

재판관들은 이대로는 안되겠다 싶어서 당장 새 밧줄로 바꿔 달라고 했답니다. 만일 어린아이가 억울한 일이라도 당하면 어쩌냐고 하면서요. 아이 손에 밧줄이 닿지 않을 텐데 무슨 수로 종을 울리겠냐는 것이지요.

● ㅉㅁㅎㄷ (ㅉㅁㅎㅈㅇㅇ) : 조금 짧은 듯하다.

따져보기1

이야기를 따져 보면서 물음에 답을 찾아봐.

 1 까발리에와 까발로는 어떤 사이인가요? 잘 설명한 문장에 동그라미 쳐 보세요.

• 까발리에는 목장 주인이고 까발로는 그가 기르던 말이다. ⬭

• 까발리에는 정의로운 기사고 까발로는 그가 타던 말이다. ⬭

• 까발리에는 부자 상인이고 까발로는 그가 샀던 말이다. ⬭

 2 아트리에 있는 정의의 종은 언제 울려야 할까요? 다음에서 골라 종 스티커를 붙여 주세요.

친구들이 지각하지 않게 아침 일찍 종을 울려야지! 스티커	수업 시간에 친구가 몰래 게임하는 것을 알리기 위해 종을 울려야지! 스티커	거짓말하지 않았는데 아무도 내 말을 믿지 않으니까 종을 울려야지! 스티커

 3 정의의 종을 당기는 밧줄이 왜 짤막해졌을까요? 다음 문장에서 틀린 글자를 찾아 X표 한 후, 문장을 바르게 고쳐 써 보세요.

> 우울한 사람이 많아서 중을 자주 울리다 보니 밧줄이 닲았다.

 4 정의의 종이 필요한 곳은 어디일까요? 정의의 종을 매달아야 한다고 생각하는 곳을 쓰고 이유를 말해 보세요.

3장 아트리의 종 **77**

그런데 당장 아트리에 마땅한 밧줄이 없는 게 문제였어요. 그만한 밧줄을 구하려면 다른 도시로 사람을 보내야 하는데 가져오기까지 며칠이 걸리니까요. 그새 어린아이가 억울한 일을 당해서 종을 울리러 올 수도 있잖아요.

그때 **꼬끼지오**라는 사내가 나섰어요. 광장에서 멀지 않은 곳에 있는 자신의 집 정원으로 달려가서 긴 포도 덩굴을 가지고 왔대요. 밧줄 대신으로 쓰기에 딱이라면서요. 그러고는 그 포도 덩굴을 짧은 줄에 이어 매달아 놓았답니다. 덩굴에는 싱싱하고 푸른 포도 잎새와 잔가지가 그대로 달려 있었죠. 재판관들도 옳거니, 훌륭하다면서 좋아했대요. 바로 그 포도 덩굴 때문에 까발로 녀석이 종을 울릴 수 있었던 거예요. 짐작되시죠?

● ㄷㄱ : 바닥에 길게 뻗어 나가거나 다른 나뭇가지나 줄기에 감아 오르는 식물의 줄기.

이야기를 따져 보면서 물음에 답을 찾아봐.

창의 **1** 주변에서 정의의 종이 필요한 일을 찾아볼까요? 신문이나 방송, 인터넷에서 찾아 사건을 소개하고 왜 정의의 종이 필요한지 써 보세요.

정의의 종아 울려라~

붙이거나 그리거나 써서
사건을 소개해 보세요.

추론 **2** 다음 세 가지 제도의 공통점은 무엇인지 써 보세요.

정의의 종

아트리에 있는 종으로
힘없고 억울한 일을
당한 사람이 종을
울리면 바른 판결을
해 준다.

신문고

조선 태종 때, 궁궐
밖에 놓은 북으로
억울한 일을 당한
백성들이 북을 울리면
억울함을 풀어 준다.

청와대 국민청원

30일 동안 20만
이상의 추천 청원에는
정부 및 책임자가
답해 주는
인터넷 창구다.

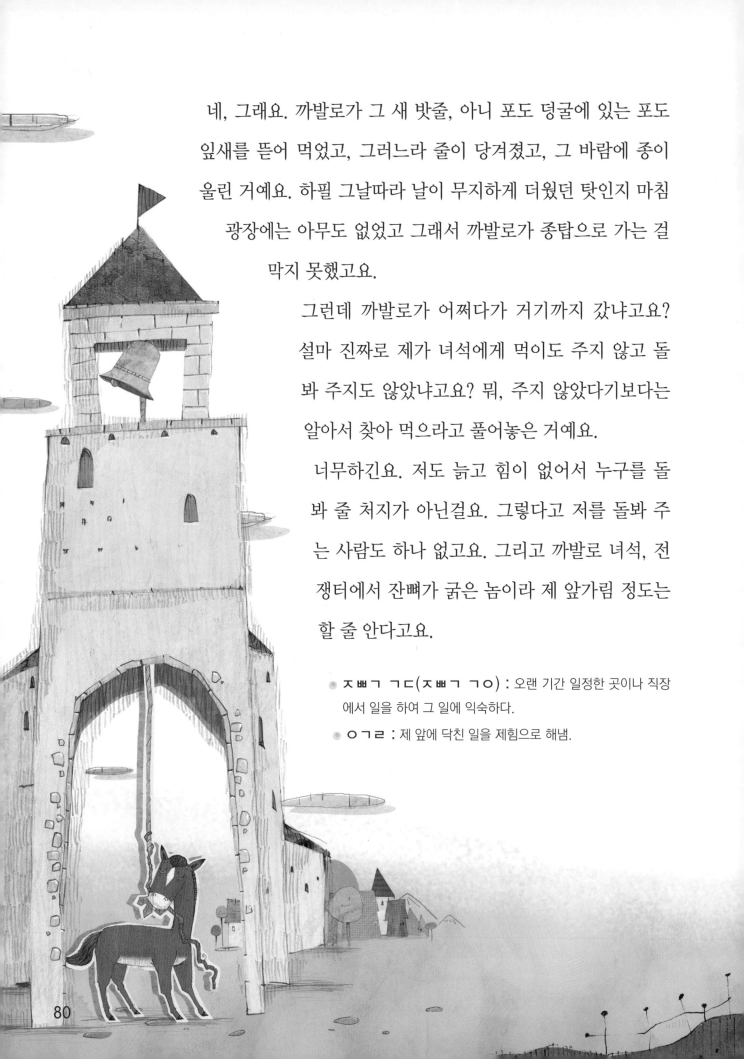

네, 그래요. 까발로가 그 새 밧줄, 아니 포도 덩굴에 있는 포도 잎새를 뜯어 먹었고, 그러느라 줄이 당겨졌고, 그 바람에 종이 울린 거예요. 하필 그날따라 날이 무지하게 더웠던 탓인지 마침 광장에는 아무도 없었고 그래서 까발로가 종탑으로 가는 걸 막지 못했고요.

그런데 까발로가 어쩌다가 거기까지 갔냐고요? 설마 진짜로 제가 녀석에게 먹이도 주지 않고 돌봐 주지도 않았냐고요? 뭐, 주지 않았다기보다는 알아서 찾아 먹으라고 풀어놓은 거예요.

너무하긴요. 저도 늙고 힘이 없어서 누구를 돌봐 줄 처지가 아닌걸요. 그렇다고 저를 돌봐 주는 사람도 하나 없고요. 그리고 까발로 녀석, 전쟁터에서 잔뼈가 굵은 놈이라 제 앞가림 정도는 할 줄 안다고요.

● ㅈㅃㄱ ㄱㄷ(ㅈㅃㄱ ㄱㅇ) : 오랜 기간 일정한 곳이나 직장에서 일을 하여 그 일에 익숙하다.
● ㅇㄱㄹ : 제 앞에 닥친 일을 제힘으로 해냄.

따져보기3

이야기를 따져 보면서 물음에 답을 찾아봐.

추론 **1** 까발로가 정의의 종에 매단 포도 덩굴의 잎새를 뜯어 먹은 이유는 무엇일까요? 까발로 입장이 되어서 이유를 써 보세요.

비판 **2** 까발로를 풀어놓은 이유가 타당하면 ○표 틀리면 ✕표 해 보세요.

- 까발리에는 늙고 힘이 없으니까 까발로를 돌봐 줄 수 없다. ⬭

- 까발리에를 돌봐 주는 사람도 없으니까 까발로를 돌보지 않아도 된다. ⬭

- 까발로는 제 앞가림은 스스로 할 줄 아니까 돌봐 줄 필요가 없다. ⬭

논리 **3** 잎새를 뜯어 먹는 바람에 종이 울렸는데 까발로가 종을 울린 거라고 말할 수 있을까요? 자신의 의견에 동그라미 치고 이유를 써 보세요.

까발로가 종을 (울린 거다, 울린 게 아니다). 왜냐하면 _____

_____

사실 **4** 까발로가 종을 울린 일을 잘 표현할 수 있는 말의 번호를 써 보세요. (　　)

① 장님 문고리 잡기　　② 제 눈에 안경　　③ 누워서 침 뱉기

제가요, 이래 봬도 젊었을 때는 용감하고 정의로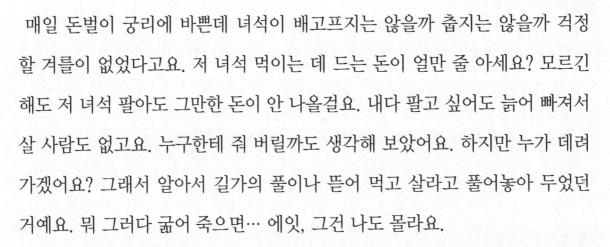
운 기사였다니까요. 아트리의 정의를 위해서 얼마
나 많은 일을 했는지 몰라요. 그런데 이렇게 늙고
힘이 빠지다 보니 챙겨 주는 사람이 아무도 없더라
고요. 여기 이 언덕배기 작은 오두막에서 혼자 사는
것도 사실 그 때문이에요.

 당연히 먹고살려면 돈을 벌 생각만 하게 되지
않겠어요? 제가 구두쇠가 되고 싶어서 된 게
아니라니까요!

 매일 돈벌이 궁리에 바쁜데 녀석이 배고프지는 않을까 춥지는 않을까 걱정
할 겨를이 없었다고요. 저 녀석 먹이는 데 드는 돈이 얼만 줄 아세요? 모르긴
해도 저 녀석 팔아도 그만한 돈이 안 나올걸요. 내다 팔고 싶어도 늙어 빠져서
살 사람도 없고요. 누구한테 줘 버릴까도 생각해 보았어요. 하지만 누가 데려
가겠어요? 그래서 알아서 길가의 풀이나 뜯어 먹고 살라고 풀어놓아 두었던
거예요. 뭐 그러다 굶어 죽으면… 에잇, 그건 나도 몰라요.

 나중에 들으니까 까발로가 먹이를 찾아 거친 들이나 언덕을 떠돌아다녔다고
해요. 앙상하게 마른 다리를 절룩이며 먼지투성이 길을 따라 거니는 꼴이 너
무 불쌍했다나요? 싱싱한 이파리나 엉겅퀴라도 하나 찾으면 그렇게 좋아했대
요! 칫, 그렇게 불쌍하면 직접 챙겨 주면 되지. 왜 그동안 까발로에게 먹이를
준 사람이 하나도 없었는지 몰라!

 ● ㄱㄹ : 잠시 무엇을 할 만한 시간.
 ● ㅁㅈㅌㅅㅇ : 이곳저곳에 먼지가 잔뜩 묻어서 더럽게 된 상태.

이야기를 따져 보면서 물음에 답을 찾아봐.

 1 까발리에는 구두쇠일까요? 자신의 생각에 동그라미 치고 이유를 써 보세요.

까발리에는 구두쇠야. 돈 생각만 하면서 까발로가 굶어 죽어도 모른다고 하잖아.

까발리에는 구두쇠가 아니야. 늙고 혼자 사니까 까발로를 보살피기 어려운 거야.

까발로는 (구두쇠다, 구두쇠가 아니다). 왜냐하면 _____

_____

 2 까발리에는 진짜로 까발로가 굶어 죽어도 내버려 둘까요? 자신이 맞다고 생각하는 만큼 색칠해 보세요.

까발로를 내버려 둔다.   까발로를 보살펴 준다.

 3 아트리 사람들은 까발로를 불쌍하게 생각하면서 왜 먹이는 주지 않는 걸까요? 이유를 짐작해서 써 보세요.

 4 혼자 떠도는 까발로를 지켜만 보는 것은 정의로운 일일까요? 자신의 생각에 동그라미 치고 이유를 말해 보세요.

🔔 그렇다   🔔 아니다   🔔 그럴 수도 아닐 수도 있다

하여간 말이죠. 까발로 때문에 종이 울리자 재판관들이 나타났어요. 까발로는 포도 덩굴의 잎새를 씹고 있을 뿐이었지만, 뭐 종이 울린 것도 맞으니까요. 그걸 보고 몰려든 구경꾼들은 한마디씩 했더랍니다.

"지독한 구두쇠의 말이 억울함을 풀어 달라고 온 거구나!"

"몹쓸 주인은 집에서 돈이나 세고 있고, 불쌍한 말은 제대로 먹지도 못하고 언덕을 헤매고 있구나!"

"정의의 종이 말의 억울함을 풀어 주려고 하는구나!"

구경꾼들의 귀에는 마치 종소리가 "내 억울함을 풀어 주세요."라고 말하는 것처럼 들렸대요.

● 몹쓸 : 몹시 못된.

　그래서 전 영문도 모른 채 불려 갔지요. 재판관들은 까발로가 언제나 저를 잘 섬겼고, 수많은 위험으로부터 구하기도 했고, 재산을 모으는 데 도움을 주었다며 주절주절 떠들었어요. 그러더니 제가 가진 돈 절반을 뚝 떼어 까발로에게 최고의 마구간과 너른 풀밭을 마련해 줄 것을 명령하는 거예요. 그뿐만 아니라 매일 신선한 풀을 넉넉하게 먹이로 마련해 주기까지 하라는 거예요. 그게 정의라면서요!

　이렇게 된 거예요. 꼼짝없이 제 재산 절반을 내놓게 생겼지 뭡니까? 그런데 생각해 보니까, 재판관의 판결에는 이상한 게 많더라고요. 무엇보다 정의의 기사였던 제게 정의가 어쩌고저쩌고하다니 이게 앞뒤가 맞는 건가요? 저는 정말 억울해요. 어떡하면 좋을까요?

　● ㅇㄷㄱ ㅁㄷ (ㅇㄷㄱ ㅁㄴ) : 이야기 따위가 이치에 맞고 조리가 있다.

아트리 SNS

까발리에에게 있었던 일을 사진과 함께 SNS에 올리려고 해.
사진에 어울리는 검색어를 스티커로 붙여 봐.

\# 스티커

\# 스티커

\# 스티커

\# 까발리에 \# 재산 \# 구두쇠

스티커

86

간추리기2 까발로 이야기

까발로가 그날 있었던 일을 말하는데 도저히 알아들을 수가 없네.
까발로 말을 사람 말로 통역해서 써 봐.

꼬르륵, 배가 고파서 말이지…

푸르푸르르
히힝 푸르르
꼬르륵

히이잉,
힝 푸르푸
히힝

큿큿, 냄새가 나서 말이지…

푸푸르 푸히르
힝 푸푸푸
큿큿

피루르
힝 푸르푸
히힝

히로르잉,
힝 푸르히히 푸히
뎅뎅

짚어보기1 꼬치꼬치

억울한 까발리에가 아트리의 왕이 정의의 종을 두고 처음 했던 말을 꼬치꼬치 따져 보았어. 까발리에의 생각이 **그럴듯하면 〇표, 아니면 X표, 애매하면 △표에 동그라미 쳐 봐!**

> 억울한 일을 당한 사람이라면 울려라.
> 그럼 재판관들이 와서 사정을 듣고
> 공정하게 판결하겠다.

누구 말이 맞나
따져 보자고!

까발로는 억울할 게 하나도 없어! 〇 △ X

까발로는 사람이 아니니까 이건 말도 안 돼! 〇 △ X

까발로가 종을 울린 것도 아니잖아! 〇 △ X

까발로의 사정을 듣지도 못하잖아! 〇 △ X

재판관들은 하나도 공정하지 않아! 〇 △ X

판결을 받은 후 까발리에와 까발로는 솔직한 대화를 나누었어.
까발로의 마음을 생각하면서 **까발로의 말을 통역해서 써 봐!**

 까발로,
너 거기 왜 갔었니?

 푸르피르
히히힝!

 내가 널 잘 돌봐 주지
않는다고 생각하니?

히히힝히히!

 내 재산 반이 없어지면
너는 기분이
좋을 거 같니?

힝힝 푸르르
푸르···!

 재판관들의 판결이
공정하다고 생각하니?

히잉, 히이힝
푸르르!

 까발로,
너 또 거기 갈 거니?

히힝···
푸르르르르!

백기사 흑기사

까발리에가 재판관에게 판결이 잘못되었다고 말하고 있어. 까발리에의 말이 **그럴듯하면 백기사 쪽 점수에, 그르다면 흑기사 쪽 점수에 스티커를 붙여 봐!**

지독한 구두쇠야!

까발로를 내다 팔려고 했어!

기사가 집에서 돈만 세고 있다니!

늙은 까발로를 나몰라라 했어!

한 푼이라도 아끼겠다는 게 왜 나빠!

스티커   스티커

3   2   1   1   2   3

내 말을 내 맘대로 하는데 뭐가 나빠!

스티커   스티커

3   2   1   1   2   3

너희들도 나 몰라라 하긴 마찬가지잖아!

스티커   스티커

3   2   1   1   2   3

나는 너희들이 어려울 때 도와줬는데 너희들은 모른 척했잖아!

스티커   스티커

3   2   1   1   2   3

짚어보기4 까발리에의 종

판결이 잘못됐다고 생각한 까발리에가 정의의 종을 울려서 재판관들을 고발했어. **까발리에의 억울함은 누가 풀어 줄 수 있을지 네 생각에 동그라미 치고 물음에 답을 써 봐.**

우리가 우리를 재판하는 게 정의로울까?

나 종 울렸어! 땡땡땡!

우리가 재판관인데 누구한테 맡기지?

재판관들은 스스로를 재판할 자격이

있다	없다
왜냐하면	왜냐하면

그렇다면, 까발리에의 고발에 어떤 판결을 내려야 할까?	그렇다면, 재판은 누가 해야 할까?

정의는 무엇

재판관들은 정의가 뭔지 알 수 없어져서 종을 만든 아트리 왕이 종에 새긴 글을 찾아보았대. 글을 보고, **까발리에와 까발로의 몫은 누가 어떻게 주어야 할지 써 봐.**

어서 내 몫을 주라고!

정의는 각자에게 그의 몫을 주는 것

어서 내 몫을 주라고!

늙고 힘이 빠진 채 혼자 오두막에 사는 건
....
....
....

먹고살기 위해 돈을 벌어야 하는 건
....
....
....

까발로를 기르는 데 드는 돈은
....

까발로 먹이는
....
....
....

까발로 마구간은
....
....
....

까발로가 뛰어놀 풀밭은
....

까발리에는 판결이 앞뒤가 맞지 않다고 생각해.
네가 직접 판결한다면 어떻게 할지 판결문을 써 봐.

어떤 사건인지 설명하는 거야.

사건 개요 (설명)

까발리에는 자신의 말 까발로를 돌보지 않고 내버려 두어 의무를 다하지 못했다.

원고는 재판을 해 달라고 요구한 사람이야.

원고의 주장

까발로 : 까발리에는 먹이도 주지 않고 저를 보살피지도 않았어요. 저는 먹이를 찾느라 너무 힘들었어요.

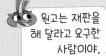

피고는 죄가 있다고 여겨지는 사람이야.

피고의 주장

판결문

까발리에가 죄가 있는지 없는지 판결하고, 죄가 있으면 어떤 벌을 받으면 좋을지 써 봐.

까발리에가 낱말 퀴즈 뒤풀이를 열었어. 낱말 퀴즈를 풀어서 가리사니 힘을 다져 보자고. **요지카를 보면서 문제를 풀어 봐.**

1 아트리의 벽에 낙서가 있는데 잘못 쓴 글자가 세 군데 있어요. 찾아서 X표 하고 낱말을 고쳐 써 보세요.

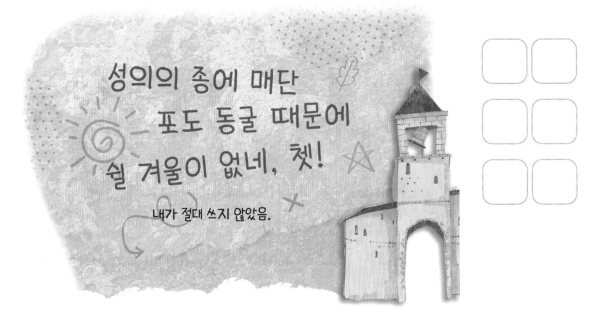

성의의 종에 매단
포도 동굴 때문에
쉴 겨울이 없네, 쳇!

내가 절대 쓰지 않았음.

2 까발로가 혼자 놀면서 흥얼흥얼 랩을 하고 있어요. 빈칸에 들어갈 글자를 써 보세요.

비다 비다 뭔 비다?
대들면 덤비다.
문지르면 비비다.
돌아다니면 ☐비다.

막해 막해 뭘 막해?
꽤 크면 큼지막하다.
꽤 낮으면 나지막하다.
조금 짧은 듯하면
☐막하다.

94

3 까발로가 사람 말을 배우고 있는데 반대말을 엉터리로 만들었어요. 엉터리 반대
말을 보고 까발로가 배운 낱말은 무엇인지 써 보세요.

뒤가림 ↔ ☐☐☐

'제 앞에 닥친 일을 제힘으로
해냄'을 뜻하는
○○○의 반대말이지.

몹지울 ↔ ☐☐

'몹시 못된'을 뜻하는
○○의 반대말이지.

먼지떨이 ↔ ☐☐☐☐☐

'온몸에 먼지가 묻어 더럽게 된 상태'를 뜻하는
○○○○○의 반대말이지.

4 앗, 낱말이 뒤죽박죽 섞여 있어요. 뜻을 보고 낱말을 바르게 써 보세요.

뒤가다앞맞

☐☐☐☐☐

이야기 따위가
이치에 맞고 조리가 있다.

굵뼈가잔다

☐☐☐☐☐

오랜 기간 한곳에서
일을 하여 그 일에 익숙하다.

4장

호통 왕자와 낙랑 공주

낙랑국의 왕 최리에게 이해할 수 없는 안타까운 일이 있었나 봐. 최리의 이야기를 듣고 어떡하면 좋을지 말해 줘.

아빠가 좋아 엄마가 좋아

엄마가 좋아, 아빠가 좋아? 이런 질문을 받은 적이 있을 거야. **질문을 받았던 경험을 떠올려 보고, 물음에 솔직하게 답해 봐!**

1 이 질문에 어떻게 대답했는지 동그라미 쳐 봐.

◯ 엄마가 좋아!　　　　　◯ 아빠가 좋아!

◯ 엄마에게는 엄마가 좋아, 아빠에게는 아빠가 좋아!

◯ 둘 다 좋아!　　　　　◯ 아, 몰라!

◯ ……! (못 들은 척 딴청을 피웠다.)

2 왜 엄마 아빠는 이런 질문을 하는 걸까? 네 생각을 말해 봐.

✎ 그건… 아마도…
_____

3 엄마 아빠에게 이런 질문을 받으면 기분이 어때? 네 기분을 말해 봐.

✎ 내 기분은…
_____

가라사대왕이 이야기나라의 보물, 요지경을 선물로 주었어.
요지경을 보면서 무슨 일이 벌어졌는지 짐작해 보자.

 먼저, 전개도를 이용해서 요지경을 직접 만들어 보자. 활동지 13~16쪽

 요지경에 있는 그림을 요리조리 살펴보자.

짐작되지 않거나
궁금한 그림에는 동그라미!

이야기를 읽으면서 중요한 낱말은 요지카로 익혀 보자.

초성으로 제시된 낱말을 찾아 색칠해 봐. 활동지 23쪽

최리 이야기

　공주가 자명고를 찢고 자명각을 깨뜨릴 줄은 꿈에도 생각하지 못했어요. 자명고와 자명각이 미리 적의 침략을 알려 주었다면 아무리 강한 고구려 군대라고 해도 우리 낙랑국이 이렇게 쉽게 당하지는 않았을 텐데요. 그런 중요한 보물을 나라를 지키는 데 앞장서야 할 공주가 직접 망가뜨리다니! 정말 도저히 믿을 수가 없어요.

　나는 낙랑국 왕 최리입니다. 뭐 이제 나라가 망해서 남은 백성들을 이끌고 항복을 하는 마당이니 왕도 아닌 셈이지요! 아무튼 바로 보물을 망가뜨린 사람이 내 딸이에요. 고구려의 호동 왕자에게 시집 보냈던 공주랍니다.

서로 싸우는 나라의 왕자와 공주가 혼인하는 게 이상하다고요? 사실 겉보기에는 두 사람이 혼인하는 것처럼 보이지만 속으로는 다른 꿍꿍이가 있어요. 고구려의 대무신왕은 우리 낙랑국을 어떡하면 집어삼킬 수 있을까 해서 왕자를 첩자로 보낸 것이고요. 나는 그 꾀를 거꾸로 이용하려고 공주를 왕자와 혼인시킨 거지요. 이웃한 나라 사이에서는 흔한 일이에요.

호동 왕자는 고구려와 우리 낙랑국이 맞닿아 있는 숲의 사냥터에서 처음 만났어요. 호동 왕자는 왕자라는 신분을 감추고 마치 그냥 사냥하러 온 나그네처럼 행동했지만 한눈에 알아보았지요. 내가 자주 사냥하러 가는 시간에 때맞춰 나타난 것만 봐도 뻔한 일이지요. 게다가 호동 왕자는 인물이 훤한 게 누가 봐도 평범한 나그네가 아니었어요. 호동 왕자는 잘생긴 미남이라고 소문이 자자했으니 못 알아볼 수가 없었지요.

- ㄲㄲㅇ : 겉으로 드러내지 않고 속으로 몰래 일을 꾸미는 것.
- ㅎㅎㄷ(ㅎㅎ) : 생김새가 잘생겨 보기에 시원스럽다.
- ㅈㅈㅎㄷ(ㅈㅈㅎㅇㄴ) : 여러 사람의 입에 오르내려 떠들썩하다.

　나는 대뜸 고구려의 호동 왕자는 듣던 대로 대단한 미남에다가 고구려의 왕자답게 용맹스러워 보인다고 칭찬했어요. 내가 이렇게 아는 척하자 호동 왕자도 순순히 고구려의 왕자인 걸 인정했지요. 나는 가까워지려는 마음에 왕자를 우리 왕궁으로 초대했고, 왕자도 쉽게 따라나섰어요.

　뭐, 속으로는 첩자로 온 걸 들킨 마당에 어차피 도망칠 수도 없으니, 이렇게 된 김에 우리 왕궁에나 가 볼 마음이었을 거예요. 또 내가 고구려의 왕자를 감히 어쩌지 못할 걸 알고 있었겠지요. 맞아요, 사실 호동 왕자가 마음에 들기도 했지만, 한편으로는 고구려가 우리 낙랑을 침략할 빌미를 주어서도 안 되기 때문에 왕자에게 함부로 할 수 없었어요. 아직 고구려와 맞설 힘이 없었으니까요.

● ㅂㅁ : 좋지 않은 일이 생기게 되는 원인.

102

고구려는 우리 낙랑국 같이 작은 나라를 잡아먹지 못해 안달이었어요. 하지만 쉽게 들이치지는 못했어요. 우리 낙랑국에는 신비한 보물이 있거든요. 바로 자명고와 자명각이에요. 적이 침략할 낌새가 있으면 자명고는 미리 알아서 둥둥 울리는 북이고, 자명각은 왜뚜 소리를 내는 뿔피리지요. 고구려가 쉽게 나서지 못하는 이유는 이 보물들 때문이에요. 대무신왕이 호동 왕자를 첩자로 보낸 것도 그 때문일 거예요.

그런데요, 호동 왕자와 공주가 서로를 보더니 무척 관심을 갖는 거예요. 잘생기고 늠름한 호동 왕자 옆에 어여쁘고 아름다운 우리 공주가 있으니 너무 잘 어울렸어요. 공주가 호동 왕자를 이용하려는 내 뜻을 헤아렸는지는 모르겠지만, 나로서는 호동 왕자와 공주가 서로에게 호감을 갖는 게 좋은 일이었지요.

● ㅇㄷ : 급하게 굴면서 안타깝게 마음을 졸이는 것.
● ㄲㅅ : 어떤 일이 벌어지고 있는 것을 짐작하게 하는 분위기나 느낌.

나는 아주 잘되었다고 생각해서, 바로 두 사람에게 혼인 이야기를 꺼냈어요. 두 사람은 티 내지 않으려고 했지만 무척 좋아하는 모습이었어요. 나는 호동 왕자를 이용해서 고구려에 대한 정보를 캐내려는 마음이 컸던 참이라 공주에게 미안한 마음도 있었어요. 하지만, 공주가 호동 왕자를 좋아하는 듯해서 안심이었어요. 호동 왕자도 공주에게 진심인 듯해 보였고요.

그래서 곧바로 두 사람을 혼인시키고 우리 왕궁에다 살 곳을 마련해 주었어요. 호동 왕자는 이곳에 살면서 우리 낙랑의 생활을 익힌 다음에 공주를 데리고 고구려로 돌아갈 거예요. 사실 이것도 호동 왕자를 사위로 들인 진짜 속셈 중 하나였어요. 적어도 호동 왕자가 우리 낙랑에 있는 동안은 고구려가 공격하지 못할 테니까요. 이거야말로 일석이조 아니겠어요.

1 다음은 누구를 말하는 걸까요? 다섯 고개 놀이의 답을 이야기에서 찾아 써 보세요.

1	사람입니까?	(예), 아니요
2	남자입니까?	(예), 아니요
3	왕자입니까?	예, (아니요)
4	고구려의 왕입니까?	예, (아니요)
5	낙랑의 왕입니까?	(예), 아니요

 2 최리가 호동 왕자를 사위로 들인 이유 두 가지를 찾아 동그라미 쳐 보세요.

• 호동 왕자에게 자명고와 자명각을 자랑하고 싶었다. ◯

• 호동 왕자가 낙랑국에 있으면 고구려의 침략을 막을 수 있었다. ◯

• 호동 왕자에게 낙랑국을 물려주려고 했다. ◯

• 호동 왕자를 이용해서 고구려에 대한 정보를 캐내려고 했다. ◯

 3 최리가 호동왕자를 사위로 들인 행동은 '일석이조'라고 해요. 일석이조의 뜻을 살펴보고, 이와 비슷한 속담을 찾아 동그라미 쳐 보세요.

> **일석이조**(一石二鳥)

一 한 **일**, 石 돌 **석**, 二 두 **이**, 鳥 새 **조**
돌 한 개를 던져 두 마리 새를 잡는다는 의미로 한 가지 일을 해서 두 가지 이익을 얻을 때 쓰는 말입니다.

• 꿩 먹고 알 먹는다. ◯

• 콩 심은 데 콩 나고 팥 심은 데 팥 난다. ◯

• 가는 말이 고와야 오는 말이 곱다. ◯

호동 왕자는 우리 낙랑에 있는 동안 고분고분 잘 지냈어요. 아니, 그러는 것처럼 보였어요. 여기저기 몰래 살펴보고 다녔다는 걸 나중에 알았거든요.

그렇게 얼마쯤 지나자 공주와 호동 왕자를 고구려로 돌려보낼 때가 되었어요. 고구려로 돌아가는 것을 막을 핑계가 없더라고요. 하지만 호동 왕자를 돌려보내도 고구려가 바로 공격하지는 않을 거라고 생각했어요. 또 그런다고 해도 공주가 가만 있지는 않을 거라고 짐작했지요.

그런데요, 일 년쯤 지났을 때였어요. 시집간 공주가 소식도 없이 갑자기 혼자 돌아왔더라고요. 고구려의 대무신왕이 보낸 선물과 함께요. 착하고 예쁜 며느리를 보내 주어서 고맙다는 대무신왕이 전하는 말도 함께요. 낌새가 이상했지만 걱정하지는 않았어요. 만약에 고구려가 공격해 온다고 해도 자명고와 자명각이 미리 알려 줄 테니까 충분히 막아 낼 수 있을 거라고 생각했어요.

● ㄱㅂㄱㅂ : 말이나 행동이 공손하고 부드러운 모양.

이야기를 따져 보면서 물음에 답을 찾아봐.

 1 이야기에 등장하는 이들이 서로를 대하는 마음은 진심일까요? 이들의 마음이 진짜인지 가짜인지 스티커를 붙이고 그렇게 짐작한 이유를 말해 보세요.

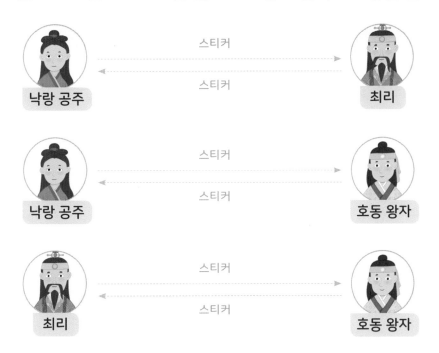

 2 최리는 호동 왕자가 고구려로 돌아가는 것을 막을 핑계가 없었대요. 여러분이 적당한 핑계를 생각해서 써 보세요.

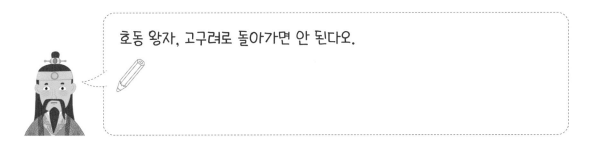

호동 왕자, 고구려로 돌아가면 안 된다오.

 3 낙랑 공주가 낙랑으로 돌아오자 최리는 이상한 낌새를 느꼈지만 걱정하지는 않았어요. 그 이유가 무엇인지 이야기에서 찾아 써 보세요.

어휴, 그때 믿었던 내가 어리석었지!

공주가 돌아온 지 며칠 지났을 때였어요. 난데없이 고구려 군사들이 성으로 들이닥쳤어요. 자명고와 자명각이 울리지도 않았는데 말이에요. 보물만 믿고 적의 침입에 아무런 대비를 하지 않았던 우리 낙랑은 다른 방법이 없었어요. 고구려 군대를 막기에 낙랑은 너무 힘이 약했어요. 눈물을 머금고 항복하는 수밖에요.

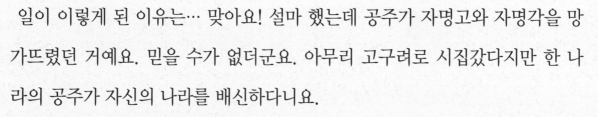

일이 이렇게 된 이유는… 맞아요! 설마 했는데 공주가 자명고와 자명각을 망가뜨렸던 거예요. 믿을 수가 없더군요. 아무리 고구려로 시집갔다지만 한 나라의 공주가 자신의 나라를 배신하다니요.

공주에게 왜 나라를 배신했냐고 물었지요. 공주는 눈물을 흘리면서 호동 왕자가 시켰다고 하더군요. 자명고와 자명각을 망가뜨리지 않으면 둘이 함께 살 수 없다고 했대요. 호동 왕자의 아버지 대무신왕이 공주가 보물을 망가뜨리지 않으면 혼인을 없던 일로 한다고 했대요. 대무신왕은 호동 왕자를 아꼈지만, 고구려를 위한 일이라면 무척 냉정했어요. 아들인 호동 왕자가 고구려를 위해 큰일을 해 주기를 강요했지요. 공주는 호동 왕자와 헤어지지 않으려면 어쩔 수 없는 선택을 해야만 했대요.

- ㄴㄷㅇㅇ : 갑자기 나타나 어디서 나왔는지 알 수 없게.
- ㅅㅁ : 그럴 리는 없겠지만.

따져보기3

이야기를 따져 보면서 물음에 답을 찾아봐.

비판 **1** 낙랑국의 평화를 위해 낙랑 공주를 호동 왕자와 혼인시킨 최리의 행동은 옳을까요? 자신의 생각에 동그라미 치고 이유를 써 보세요.

낙랑 공주와 호동 왕자를 혼인시킨 최리의 행동은 (옳다, 옳지 않다).

논리 **2** 낙랑이 항복할 수밖에 없었던 이유는 무엇일까요? 알맞은 이유에 모두 선을 그어 보세요.

낙랑이 항복할 수밖에 없었던 이유는

- 자명고와 자명각이 울리지 않았기 때문이다.
- 적의 침입에 아무런 대비를 하지 않았기 때문이다.
- 고구려가 힘이 세고 낙랑은 힘이 약했기 때문이다.
- 최리가 어리석었기 때문이다.
- 낙랑 공주가 배신했기 때문이다.

추론 **3** 공주와 보물을 믿었던 최리는 뒤늦게 후회했어요. 최리의 상황에 어울리는 속담을 따라 써 보고, 어울리는 뜻을 찾아 선을 그어 보세요.

- 소 잃고 외양간 고친다.
- 믿는 도끼에 발등 찍힌다.
- 등잔 밑이 어둡다.

- 가까이 있어도 도리어 잘 알기 어렵다.
- 잘되리라고 믿고 있던 일이 어긋나거나 믿고 있던 사람이 배신하여 오히려 해를 입는다.
- 일이 이미 잘못된 뒤에는 손을 써도 소용이 없다.

또 한편으로 공주는 낙랑을 위해서 그런 선택을 했다는 거예요. 고구려에 시집가서 보니, 고구려는 우리 낙랑국과 비교할 수도 없게 강한 나라였대요. 맞서 싸우다가는 애꿎은 백성들만 죽어 나갈 것 같았대요. 그래서 일찍 항복하는 게 좋을 것 같아서 그랬다는 거예요.

 이 일을 어쩌면 좋나요? 낙랑의 보물을 함부로 망가뜨리고, 공주 신분으로 나라를 배신한 이 죄를 어찌 물어야 할지 모르겠어요. 신하들은 나라를 배신한 공주가 목숨으로 죗값을 치러야 한다고 목소리를 높였고요. 하루 아침에 나라를 잃은 백성들은 화가 나서 공주를 내놓으라고 아우성쳤어요. 어쩌나요? 아무리 밉다지만 그래도 내 딸인데, 죽게 놔둘 수는 없잖아요. 그러나 나라를 배신한 죄는 크니, 그냥 살려 둘 수도 없으니⋯ 이를 어쩐다지요?

● **ㅈㄱ** : 지은 죄에 대해 치러야 할 대가.

이야기를 따져 보면서 물음에 답을 찾아봐.

논리 **1** 낙랑 공주가 자명고와 자명각을 망가뜨린 이유를 두 가지 써 보세요.

① ✏ _____

② _____

비판 **2** 낙랑 공주는 낙랑을 위해서 일찍 항복하는 게 좋다고 생각해요. 공주의 생각에 동의하는지 동그라미 치고 이유를 써 보세요.

공주의 생각에 (동의한다, 동의하지 않는다).

✏ _____

사실 **3** 최리가 갈등하는 문제는 무엇인가요? 빈칸에 들어갈 낱말을 써 보세요.

낙랑 공주의 [ ] 은/는 크지만, 자신의 [ ] 인데 죽게 놔둘 수는 없어서 갈등하고 있어요.

논리 **4** 낙랑국은 누구 때문에 망한 것일까요? 낙랑국을 망하게 한 사람을 이유와 함께 말해 보세요.

낙랑이 망한 이유는 적의 침입에 대비하지 않고 보물만 믿은 어리석은 왕과 나약한 백성들 때문이야. 나라는 스스로 지켜야 해.

낙랑이 망한 이유는 보물을 망가뜨린 낙랑 공주 때문이야. 자명고와 자명각이 망가지지 않았다면 고구려가 함부로 침입할 수 없었을 거야.

역사가가 호동 왕자와 낙랑 공주 이야기를 그림과 함께 역사책에 담으려고 한대. **그림에 어울리는 제목을 써 봐.**

고구려사-호동 왕자편

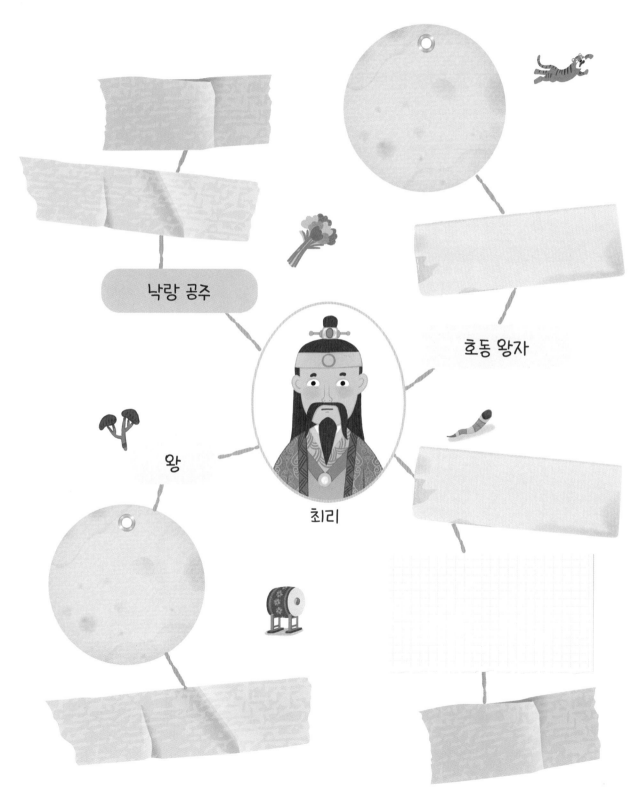

낙랑 공주

호동 왕자

왕

최리

짚어보기1 마음의 저울

고구려에도 마음을 달아 보는 보물이 있었대. 낙랑 공주와 호동 왕자가
이 저울에 마음을 달아 본다면 추는 어디로 기울까? **이들의 마음을 짐
작해서 기우는 쪽에 인물 스티커를 붙이고 이유를 써 봐.**

114

낙랑국에 자명비책이라는 보물도 있었는데 해결 방법을 알려 준대. 자명비책이 공주에게 **어떤 방법을 알려 줄지 생각해서 그림으로 그리거나 써 봐.**

대무신왕이 보물을 망가뜨리지 않으면 혼인을 없던 일로 한다고 했다고? 그렇다면…

무엇이든 물어보세요!
묻지도 않고 따지지도 않고
비법을 알려드립니다.

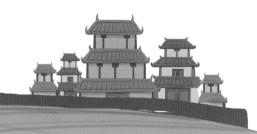

네 죄를 네가

억울하게 망가진 자명고와 자명각이 이들에게 죄를 묻고 죄가 큰 만큼
소리를 낸대. **이들의 죄가 무엇인지 쓰고, 소리가 어느 정도 날지
빈칸에 색칠해 봐.**

dB
100
90
80
70
60
50
40
30
20
10

최리의 죄는

공주의 죄는

호동의 죄는

116

적 또는 주인

그런데 자명고와 자명각은 공주가 왔을 때 왜 울리지 않았을까? 보물을 망가뜨리러 왔다면 공주도 적인데 말이야. 이들에게 물었더니 알 수 없는 요상한 소리를 냈어. **무슨 뜻일지 번역해서 써 봐.**

공주가 너희들을 망가뜨리러 왔으면 우리의 적이잖아! 그런데 왜 가만있었냐?

*&$#@
띵 띠디이잉 찍
쾌에~ 둔딱
두리리리똥
또또 틱티티티딕
두르르 덩기더덕

*&$#@ 뿌이뿌이 빼에에엑
왜뚜이뚜 뚜뚜 빼치이쉬이쉭
크에케에 빼엑
피쉬피이피 피르

그건 말이죠…

🖊

나도 말이죠…

🖊

만약에 낙랑 공주와 호동 왕자가 다른 선택을 했다면 이야기는 어떻게
달라졌을까? **이들의 선택을 바꿔서 뒷이야기를 써 봐.**

그래, 결심했어!
아버지와 고구려보다
공주가 먼저야!
공주에게 자명고와 자명각을
망가뜨리라고 할 수는 없어!

그래, 결심했어!
왕자보다 아버지와
낙랑국이 먼저야!
자명고와 자명각을
망가뜨릴 수 없어!

보고하기 **의견을 제시하는 글**

낙랑국의 왕 최리는 공주를 어떻게 해야 할지 모르겠다고 해. **공주를 어떡하면 좋을지 네 의견을 제시하는 글을 써 봐.**

의견을
제시하는 글을
쓰는 방법

>>

1 문제 상황을 자세히 써요.

2 자신의 의견을 써요.

3 의견을 뒷받침하는 까닭을 써요.

문제 상황

공주가 무슨
잘못을 했지?

내 의견

너는 공주를 어떻게
해야 한다고 생각해?

까닭, 이유

왜 그렇게 생각해?

1 최리가 아픈 마음을 담아 '마' 자로 끝나는 노래를 지어 불렀어요. 빈칸에 들어갈 글자를 써 보세요.

공주를 시집보낼 때 내 마음은 아마!

공주가 돌아왔을 때 내 마음은 [   ]마!

공주를 심판할 때 내 마음은 차마!

호동을 다시 봤을 때 내 마음은 야, 인마!

2 자명고가 이야기하고 있는데, 찢어진 탓인지 엉뚱한 소리가 나왔어요. 엉뚱하게 쓰인 글자를 찾아 X표 하고 바르게 고쳐 써 보세요.

고구려는 우리 낙랑국 같이 작은 나라를 못 잡아먹어 앙달이었어요.

적이 침략할 깜새가 있으면 알아서 미리 둥둥 울리는 보물이지요.

사실은 저도 고구려가 침략할 별미를 주고 싶지는 않았거든요.

3 호동 왕자가 이야기하고 있는데 슬픈 마음이 북받쳐서 잘 들리지 않는 부분이 있어요. 어떤 낱말인지 빈칸에 써 보세요.

아버지가 난데없이 부르더니 낙랑 공주를 시켜서 자명고와 자명각을 망가뜨리라네.

데

ㅇㅇㅇ 말을 듣자니 낙랑 공주한테 미안하고, 말을 거역하자니 왕자로서 부끄럽구나.

분

4 다음 초성에 어울리는 낱말은 무엇일까요? 자명각이 불어 내는 힌트를 보고 알맞은 답을 써 보세요.

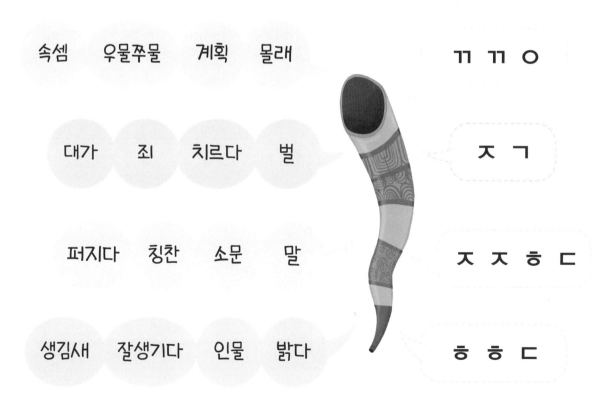

속셈   우물쭈물   계획   몰래

ㄲ ㄲ ㅇ

대가   죄   치르다   벌

ㅈ ㄱ

퍼지다   칭찬   소문   말

ㅈ ㅈ ㅎ ㄷ

생김새   잘생기다   인물   밝다

ㅎ ㅎ ㄷ

가라사대왕님, 궁금한 게 있어요! **세상은 요지경** 이라는 말이 무슨 뜻이에요?

너, 어디서 들었니?

어른들이 그러던데요! 먼가 묘한 일이 벌어졌을 때 그러는 것 같았어요.

음, 맞아. 알쏭달쏭해서 이해하기 어려운 일이나 형편을 두고 하는 말이지. 역시 뿌토구나!

하..멀요..

근데요, 그 **요지경**이 우리 이야기나라의 보물, 요지경인가요?

그렇지, 하나를 가르치면 둘을 깨치는구나! 요지경은 원래 장난감이야. 돋보기 장치를 들여다보면 여러 가지 재미있는 그림이 펼쳐진단다.

아, 그렇구나, 근데 왜 요지경이에요?

ㅋㅋㅋ

생각해 보니, 그걸 알려 준 적이 없구나. 이참에 말해 주지. 요지경의 요지는 옥구슬 연못을 뜻하고, 경은 거울이라는 뜻이야.

아···

으… 뭔가 어렵다….

끙 끙 음…

요지는 서왕모라는 신선이 사는 아름다운 곳이야. 무척 신비해서 보고 있기만 해도 황홀하대. 그래서 요지를 보는 것 같은 재미를 줘서 요지경이라고 이름한 거야!

짠―

오호, 그렇게 깊은 뜻이…. 전 요지라고 해서 '말이나 글 따위에서 핵심이 되는 중요한 내용'을 뜻하는 것인 줄 알았다니까요!

험, 그런 깊은 뜻도 생각해서 이름한 거야. (역시 나야!)

음, 그런데 가라사대왕님, 그럼 요지경은 서왕모의 것이잖아요? 어떻게 이야기나라의 보물 창고에 오게 되었어요?

음…

그건 말이야… 궁금하면 다음 편을 보라고…!

스윽

아니, 가라사대왕님! 정말 세상은 요지경이라더니 이러실 거예요?

울컥 ㅋㅋㅋㅋ…

MEMO

진 짜 진 짜

독서논술

5권

가이드북

가이드북 활용법

　진짜진짜 독서논술의 모든 활동은 논리적인 사고력을 바탕으로 창의적 문제해결력을 기르는 데 목적이 있습니다. 그렇기에 답이 하나로 정해진 경우보다 다양하게 해석 가능한 경우가 많습니다. 중요한 것은 자신의 생각에 논리적 설득력을 갖추는 것입니다. 모두 답이 될 수 있다는 열린 마음으로 활동을 바라봐 주시고, 아이들의 생각을 들어주세요.

　정확하게 답으로 나와야 하는 질문에는 답으로 표시했고, 다양한 반응이 나올 수 있는 질문에는 예로 표시했습니다. 답이 다양하게 나올 수 있는 질문들은 예로 제시한 내용을 바탕으로 아이들의 생각이 체계적으로 흘러가는지 주의 깊게 바라봐 주시면 됩니다.

　답이나 예외에 ➕ 표시로 들어간 내용들은 더 생각해 봐야 할 이유나 근거를 아이들이 어떻게 제시할 수 있는지 예상한 것입니다. 이 내용을 바탕으로 더 깊이 있는 생각을 이끌어 낼 수 있도록 지도해 보세요.

　문제와 활동 옆에는 해설 을 달아서 출제 의도와 문제 유형을 해석해 놓았고, 더불어 지도 방법을 적어 놓았습니다. 가정에서 아이들을 지도하는 데 참고해 주세요.

　진짜진짜 독서논술로 '토닥토닥 마음껏 토론'하며 성장해 나갈 아이들의 모습을 기대해 봅니다.

1장 목걸이

준비하기   20p

예

1 누구의 반지가 더 비싼 것일까?

➕ 왠지 더 비싼 반지를 끼고 있을 거 같습니다.

2 두 사람의 반지는 다른 것일까?   같다   다르다

➕ 둘 중 진짜도 있고 가짜도 있을 것 같습니다.

3 누구의 반지가 더 소중한 것일까?

➕ 두 사람에게는 모두 소중한 반지일 거 같습니다.

해설   20p

편견이나 선입견을 지닌 채 판단하면 안 되는 이유를 생각해 보는 활동입니다. 같은 모양의 반지를 누가 어떻게 하고 있느냐에 따라서 달라 보일 수 있음을 생각해 봅니다.

요지카 낱말 등급   활동지 17~18p

서슴없이	★★★★☆	허름하다	★★★☆☆
둘도 없다	★★★★★	영문	★★★☆☆
장신구	★★★☆☆	꺼림칙하다	★★★☆☆
뚱딴지같다	★★★★★	나무라다	★★★☆☆
죽을상	★★★★★	간신히	★★☆☆☆

들어보기   22~32p

● ㅅㅅㅇㅇ

길거리에서 제 이름을 **서슴없이** 부르는 사람이 누구인가 하고 돌아봤지요.

● ㅎㄹㅎㄷ(ㅎㄹㅎ)

허름한 옷차림에 나이도 저보다 훨씬 많아 보이는 어떤 여자가 터벅터벅 제 곁으로 다가오더라고요.

● ㄷㄷ ㅇㄷ(ㄷㄷ ㅇㄴ)

하지만 저는 그런 것에 별 관심이 없어서 마틸다가 결혼하고 나서도 **둘도 없는** 친구로 지냈지요.

● ㅇㅁ

무슨 소리를 하는 건지 도무지 **영문**을 모르겠더라고요.

● ㅈㅅㄱ

그날 마틸다는 저를 찾아와서 파티에 하고 갈 마땅한 **장신구**가 없다고 털어놓았어요.

● ㄲㄹㅊㅎㄷ(ㄲㄹㅊㅎㅈㅁ)

저는 좀 **꺼림칙했지만** 마틸다가 그 목걸이를 너무 마음에 들어 해서 빌려주기로 했어요.

● ㄸㄸㅈㄱㄷ(ㄸㄸㅈㄱㅇ)

저는요, 얘가 무슨 **뚱딴지같은** 소리를 하나 싶었어요.

● ㄴㅁㄹㄷ

목걸이를 일주일이 더 지난 후에 돌려받아서 조금 **나무랐던** 기억이 있지만요.

● ㅈㅇㅅ

남편은 매일 **죽을상**을 하고 다녔지.

● ㄱㅅㅎ

이제서야 **간신히** 갚고 나니 마음이 편안해.

사실 1 마틸다와 잔느를 설명한 문장에 들어갈 알맞은 낱말을 써 보세요.

답
- 수도원 학교를 같이 다닌 둘도 없는 친 구 사이다.
- 마틸다는 파티에 하고 갈 마땅한 장 신 구 이/가 없었다.
- 마틸다는 고 생 을/를 많이 해서 잔느가 알아보지 못할 정도로 변했다.

추론 2 마틸다가 다이아몬드 목걸이를 마음에 들어 한 이유는 무엇일까요? 알맞은 설명에 동그라미 치고 이유를 말해 보세요.

예
자신에게 가장 잘 어울리는 장신구여서 마음에 들었다. ◯

가장 비싸 보이는 장신구여서 마음에 들었다. ◯

➕ 비단 상자에 있어서 비싼 거라고 생각했을 거 같습니다.

평소에도 다이아몬드 목걸이가 하고 싶었다.

창의 3 잔느의 장신구들을 거울 앞에서 해 보면서 마틸다는 무슨 상상을 했을까요? 마틸다의 속마음을 짐작해서 써 보세요.

예
✎ 장신구를 하니까 돈 많은 부자처럼 보이잖아. 갖고 싶다.

비판 4 파티에 하고 갈 장신구가 없을 때, 여러분도 마틸다처럼 친구에게 빌릴 건가요? 자신의 생각에 동그라미 치고 이유를 써 보세요.

예
마틸다처럼 (빌린다, 빌리지 않는다). 왜냐하면 내 것이 아닌 걸 굳이 하고 가고 싶지 않기 때문이다.

➕ 예쁜 장신구가 파티에 꼭 필요한 것은 아니라고 생각합니다.

논리 1 마틸다가 다이아몬드 목걸이를 마음에 들어 하자 잔느는 왜 꺼림칙했을까요? 잔느의 속마음으로 알맞은 내용을 찾아 동그라미 쳐 보세요.

예
다이아몬드 목걸이가 비싸서 빌려주기 싫었다.

마틸다에게 다이아몬드 목걸이가 어울리지 않아서 꺼림칙했다.

다이아몬드 목걸이가 가짜라는 사실을 말할지 말지 갈등했다. ◯

➕ 마틸다가 마음에 들어 하니까 가짜라는 말을 하기가 어려웠을 거 같습니다.

추론 2 왜 마틸다는 목걸이를 잃어버렸다고 솔직하게 말하지 않았을까요? 이유를 써 보세요.

예
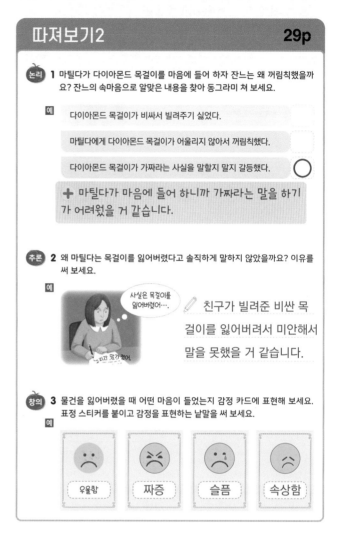

사실은 목걸이를 잃어버렸어….

✎ 친구가 빌려준 비싼 목걸이를 잃어버려서 미안해서 말을 못했을 거 같습니다.

창의 3 물건을 잃어버렸을 때 어떤 마음이 들었는지 감정 카드에 표현해 보세요. 표정 스티커를 붙이고 감정을 표현하는 낱말을 써 보세요.

예

우울함	짜증	슬픔	속상함

해설

27p

1. 이야기를 잘 이해하고 있는지 핵심어로 확인해 보는 사실적 질문입니다. 문장에 들어갈 핵심어를 이야기에서 찾아 써서 문장을 완성해 볼 수 있습니다.

2. 인물의 행동을 통해 인물의 생각을 추론해 보는 문제입니다. 잘 어울리거나 비싸 보여서 마음에 들 수는 있지만, 평소에도 하고 싶었는지는 추론해 볼 만한 근거가 없기 때문에 적절한 이유가 될 수 없습니다.

3. 마틸다의 속마음을 글로 표현해 보는 창의적 활동입니다. 인물을 깊이 이해할 수 있으며 인물의 속마음을 적절한 문장으로 쓰면서 문장력을 기를 수 있습니다.

4. 장신구를 빌리려는 마틸다의 행동을 비판적으로 따져보는 활동입니다. 장신구를 하려는 마음이 자신의 욕심에서 비롯된 것인지, 따져볼 수 있습니다.

29p

1. 잔느의 속마음을 논리적 근거를 들어 설명해 보는 문제입니다. 세 가지 내용 모두 답이 될 수 있으므로, 왜 그렇게 생각했는지 타당한 이유를 제시할 수 있도록 지도해 주세요.

2. 비싼 물건을 잃어버렸을 때 어떤 마음이 드는지 비슷한 경험을 떠올려 보면서 인물의 마음을 추론해 보는 활동입니다. 솔직하게 말하기 어려웠던 이유를 다양하게 제시할 수 있으므로 적절한 근거를 충분히 쓰거나 말할 수 있도록 지도해 주세요.

3. 2번 문제와 연결해서 물건을 잃어버렸을 때의 감정을 낱말과 그림으로 표현해서 감정 카드를 완성해 보는 창의적 활동입니다. 정해진 답이 없으므로 마음껏 표현할 수 있으면 좋습니다.

따져보기3   31p

 1 잔느의 다이아몬드 목걸이와 마틸다가 산 다이아몬드 목걸이는 각각 얼마였는지 써 보세요.

답   잔느의 목걸이   마틸다의 목걸이

오십 프랑   오만 프랑

 2 목걸이를 잃어버린 마틸다가 다른 목걸이를 사서 돌려준 행동은 잘한 것일까요? 자신의 생각에 동그라미 치고 이유를 써 보세요.

예   마틸다가 (잘했다고, (잘못했다고) 생각한다. 왜냐하면 솔직하게 말하지 않고 친구를 속인 행동이기 때문이다.

 3 마틸다의 남편은 힘든 나머지 매일 죽을상을 하고 다녔다고 해요. 죽을상은 어떤 표정인지 상상해 보고 표정 스티커를 붙여 보세요.

 4 마틸다는 목걸이를 잃어버렸던 사실을 왜 십 년이 지나서야 말을 하는 걸까요? 이유를 생각해서 써 보세요.

예   🖉 목걸이 때문에 빌린 돈을 다 갚아서 마음이 편안해서 말했습니다.

➕ 마틸다는 목걸이를 잃어버린 죄책감에 시달려서 다 갚을 때까지 말하지 않은 겁니다.

따져보기4   33p

 1 왜 잔느는 목걸이를 빌려줄 때 가짜라는 말을 하지 않았을까요? 알맞은 이유에 모두 동그라미 치고, 또 다른 이유도 생각해서 말해 보세요.

예

   마틸다를 속이려고 거짓말을 했다.

   마틸다가 진짜 목걸이라고 생각할 줄 몰랐다. ⭕

   마틸다가 목걸이를 너무 좋아해서 가짜라는 말을 못했다. ⭕

➕ 가짜라고 말하기 창피해서 말하지 않은 것 같습니다.

 2 왜 마틸다는 목걸이가 진짜라고 생각했을까요? 다음 설명에 타당하다고 생각하는 만큼 별점을 매겨 색칠해 보세요.

예

- 빨간 비단 상자에 담겨 있어서 비싸 보였다. ★★★★☆
- 잔느가 나중에 내놓아서 더 소중한 것처럼 보였다. ★★★★☆
- 잔느가 가짜라고 하지 않아서 진짜라고 생각했다. ★★★★★

➕ 장신구가 많은 잔느는 부자니까 당연히 진짜를 가지고 있을 거라고 생각했을 겁니다.

 3 잔느와 마틸다가 처음부터 솔직하게 말했다면 이야기는 어떻게 달라졌을까요? 다음에서 하나 골라 이야기의 결말을 상상해서 써 보세요.

예

   잔느가 목걸이가 가짜라고 솔직하게 말했다면….

   (마틸다가 목걸이를 잃어버렸다고 솔직하게 말했다면….)

🖉 잔느가 목걸이가 가짜라고 말해 줬을 거 같습니다. 그러면 마틸다는 힘들게 돈을 갚지 않아도 됐을 겁니다.

해설

31p

1. 이야기를 이해하고 있는지 확인하는 사실적 문제이므로 정확한 답을 쓸 수 있도록 지도해 주세요. 프랑은 프랑스의 옛 화폐 단위입니다.

2. 인물이 잘했는지, 잘못했는지 비판해 보는 문제입니다. 잘잘못을 판단하는 근거가 적절한지 지켜봐 주세요.

3. '죽을상'이라는 낱말을 표정 스티커로 표현해 보는 창의적 활동입니다. 잘 쓰지 않는 낱말을 재미있는 스티커 활동으로 쉽게 익힐 수 있습니다.

4. 마틸다의 행동을 합리적으로 이해하는 추론 활동입니다. 돈을 갚지 않았을 때와 다 갚았을 때의 기분이 어떻게 다른지 비교해서 생각해 볼 수 있습니다.

33p

1. 인물의 행동을 여러 가지 이유를 들어 이해해 보는 추론 활동입니다. 잔느가 마틸다를 속이려는 의도는 이야기에서 찾아 볼 수 없으므로 답이 될 수 없습니다. 나머지는 모두 답이 될 수 있으므로 아이들의 생각을 존중해 주세요. 더불어 또 다른 이유도 제시해 볼 수 있도록 지도해 주세요.

2. 마틸다가 잔느에게 가지고 있는 선입견을 생각해 보고, 선입견이 왜 생겼는지 그 이유를 따져보는 논리 활동입니다. 자신보다 부자인 잔느가 가진 장신구는 당연히 진짜일 거라고 생각하는 게 문제인지 아닌지 더 생각해 볼 수 있도록 지도해 주세요.

3. 두 주인공의 행동이 달랐다면 이야기가 어떻게 전개되었을지 상상해 보고 글로 표현해 보는 창의적 활동입니다. 아이들의 다양한 생각을 기대해 봅니다.

간추리기1 `34p`

간추리기1 방송국에서

잔느에게 있었던 일을 방송에 내려고 방송국에서 기자가 찾아왔어.
기자의 물음에 잔느는 뭐라고 할까? **물음에 답해 봐.**

예

> 안녕하세요?
> 시소 뉴스에서
> 나왔습니다.

누구와 있었던 일인가요?	✏️ 제 친구 마틸다와 있었던 일이에요.
언제 있었던 일인가요?	십 년쯤 전에 있었던 일이었는데, 최근에서야 진실을 알게 되었어요.
무엇 때문에 생긴 일인가요?	목걸이 때문에 생긴 일이었어요. 마틸다가 저한테 목걸이를 빌려 갔어요.
어떻게 되었나요?	목걸이를 잃어버렸는데, 세상에! 마틸다가 진짜인 줄 알고 비싼 값을 갚아 나갔더라고요.
지금 심정이 어떤가요?	마틸다에게 미안하고 마틸다가 안쓰러워요.
하고 싶은 말은 무엇인가요?	다시 십 년 전으로 돌아가고 싶어요.

간추리기2 `35p`

간추리기2 세상에 이런 일이

방송으로 내보낼 잔느의 이야기를 편집해서 주요 장면을 뽑아 봤어.
각 장면에 어울리는 자막을 써 봐.

예

✏️ 10년 만에 만나다

✏️ 목걸이 때문에…

✏️ 오~ 그건 가짜!

✏️ 어떡해야 할까…

짚어보기1 `36p`

짚어보기1 베블런 효과

베블런이라는 사람이 흥미로운 주장을 했어. 베블런 효과와 관련된
만화를 보고 질문에 답해 봐.

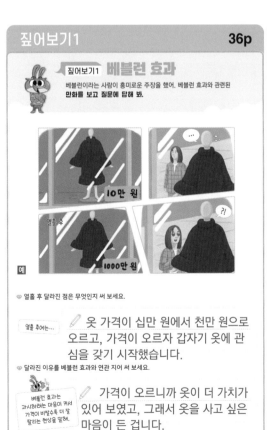

10만 원

열흘 후

1000만 원

예

👁 열흘 후 달라진 점은 무엇인지 써 보세요.

열흘 후에는… ✏️ 옷 가격이 십만 원에서 천만 원으로 오르고, 가격이 오르자 갑자기 옷에 관심을 갖기 시작했습니다.

👁 달라진 이유를 베블런 효과와 연관 지어 써 보세요.

> 베블런 효과는
> 과시하려는 마음이 커서
> 가격이 비쌀수록 더 잘
> 팔리는 현상을 말해.

✏️ 가격이 오르니까 옷이 더 가치가 있어 보였고, 그래서 옷을 사고 싶은 마음이 든 겁니다.

짚어보기2 `37p`

짚어보기2 같은 물건 딴마음

마틸다가 가짜 다이아몬드 목걸이를 빌리려고 했을 때, 두 사람의 속마음은 어땠을까? **짐작해서 써 봐.**

> 이거 하나면 충분해!
> 빌려줄 수 있지?

> 우리 사이에…
> 당연히 빌려주지.

예

여가 목걸이를 나중에 내놓는 걸 보니… ✏️ 비싼 목걸이라서 빌려주기 싫었나 보구나!

+ 아무리 친해도 비싼 건 빌려주기 싫을 거 같습니다.

얘는 왜 하필 가짜 목걸이를… ✏️ 빌려달라고 할까. 가짜라고 말하기 좀 창피한데….

+ 아무리 친해도 가짜라고 말하는 건 좀 창피할 거 같습니다.

해설

34p

질문에 답하면서 이야기를 정리해 보는 활동입니다. 내용을 잘 이해하고 있는지 확인해 볼 수 있습니다. 글쓰기를 싫어하는 아이들은 말로 답해 볼 수 있도록 지도해 주세요.

35p

이야기의 주요 장면에 어울리는 자막을 생각해 보는 창의적 활동입니다. 평소 뉴스나 텔레비전 프로그램의 자막을 눈여겨보면 장면과 어울리는 내용을 구성해 낼 수 있습니다.

36p

베블런 효과는 가격이 비쌀수록 과시욕으로 인해 물건이 더 잘 팔리는 현상을 말합니다. 우리나라에서는 가짜 스위스산 명품시계 '빈센트 앤 코' 사기 사건이 대표적인 사례입니다. 마틸다의 과시욕과 연결지어 보면 좋습니다.

37p

두 주인공의 속마음을 구체적으로 표현해 보는 활동입니다. 인물의 겉으로 드러나는 행동과 속마음이 다른 이유를 물어봐 주세요.

짚어보기3 　　　　　　　　38p

짚어보기3 **누구 것?**

진짜 다이아몬드 목걸이는 누구의 것일까? 마틸다와 잔느는 변호사에게 물어보았대. **변호사가 이들에게 뭐라고 답할지 생각해서 써 봐.**

진짜 다이아몬드 목걸이는 제가 샀어요.

이 목걸이는 마틸다가 저에게 직접 주었어요.

목걸이 값을 벌기 위해 십 년 동안이나 일을 했다고요.

제 목걸이라고 생각하고 십 년 동안이나 가지고 있었다고요.

당연히 마틸다 것이지요.

당연히 잔느 것이지요.

✏ 목걸이 값 오만 프랑은 거의 마틸다가 다 냈기 때문이에요. 마틸다의 돈으로 산 거나 마찬가지니까 마틸다의 것이에요.

✏ 마틸다가 잔느에게 주었기 때문이에요. 잔느가 자신의 목걸이로 여기고 십 년간 간직한 걸 이제 와서 돌려달라고 할 수는 없어요.

짚어보기4 　　　　　　　　39p

짚어보기4 **나누기**

잔느와 마틸다가 목걸이를 팔아서 받은 돈을 나누어 가지려고 하는데 가격이 올라서 칠만 프랑을 받았대. 돈을 어떻게 나누어야 할지 **액수를 쓰고 그렇게 나눈 까닭을 써 봐.**

오만 프랑짜리가 칠만 프랑이 되었네!

내 몫은 얼마?

내 몫은 얼마?

잔느
10,050 프랑

마틸다
59,950 프랑

✏ 오만 프랑에서 오십 프랑은 잔느가 나머지는 마틸다가 갖는 게 맞습니다. 가격이 올라서 더 받은 이만 프랑은 마틸다와 잔느가 똑같이 나눠 가져야 합니다. 마틸다의 돈이지만, 잔느가 십 년 동안 목걸이를 잘 간직하고 있었으니까요.

해설

38p

두 주인공의 주장을 따져보고 어느 쪽 의견이 타당한지 근거를 제시해 봅니다. 양측의 입장을 다 검토해 볼 수 있도록 예시로 나온 근거를 먼저 살펴보면 좋습니다.

39p

목걸이에 대한 소유권을 따져보는 활동입니다. 불어난 돈을 어떻게 나누는 게 좋은지 더 생각해 볼 수 있습니다. 정해진 답이 없으므로 무슨 기준으로 나누었는지 잘 쓸 수 있도록 지도해 주세요.

짚어보기5 　　　　　　　　40p

짚어보기5 **누구 탓**

잔느와 마틸다는 이번 일로 서로를 탓하며 다투었대. **누가 잘못했다고 생각하는지 동그라미 치고 이유를 써 봐.**

잔느, 네가 가짜 목걸이라는 말을 안 했잖아! 내가 고생한 건 다 너 때문이야!

↔

마틸다, 네가 처음부터 비싸 보이는 목걸이를 탐낸 거잖아. 네가 고생한 건 다 네 욕심 때문이야!

흥, 장신구를 빌려주겠다고 한 건 바로 너였잖! 진짜는 빌려주기 싫으니까 가짜를 빌려준 거겠지.

↔

그 목걸이를 선택한 건 너였어! 내가 진짜인지 가짜인지 너한테 말해 줄 의무는 없어.

처음부터 네가 가짜 목걸이라고 했으면 빌리지 않았을 거야.

↔

차라리 잃어버렸을 때, 솔직하게 말하지 그랬니? 그러면 이런 일은 없었을 텐데.

예 (**마틸다**) 잔느)가 잘못했다. 왜냐하면

✏ 목걸이가 진짜라고 생각한 것도 마틸다였고, 잃어버렸다고 솔직하게 말하지 않은 것도 마틸다였기 때문이다.

보고하기 　　　　　　　　41p

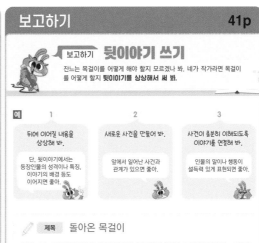

보고하기 **뒷이야기 쓰기**

잔느는 목걸이를 어떻게 해야 할지 모르겠나 봐. 네가 작가라면 목걸이를 어떻게 할지 **뒷이야기를 상상해서 써 봐.**

예
1
뒤에 이어질 내용을 상상해 봐.
단, 뒷이야기에서는 등장인물의 성격이나 특징, 이야기의 배경 등도 이어지면 좋아.

2
새로운 사건을 만들어 봐.
앞에서 일어난 사건과 관계가 있으면 좋아.

3
사건이 충분히 이해되도록 이야기를 연결해 봐.
인물의 말이나 행동이 설득력 있게 표현되면 좋아.

✏ **제목** 돌아온 목걸이

잔느가 고민하다가 목걸이를 마틸다에게 돌려주었어. 마틸다는 50프랑을 잔느에게 주었고. 목걸이를 돌려받은 마틸다는 너무 기쁜 나머지 일터에도 목걸이를 하고 갔어. 하지만 집으로 돌아오는 길에 목걸이를 잃어버렸어. 길에 떨어진 목걸이를 길거리에서 장신구를 파는 상인이 발견했어. 상인은 자신이 팔고 있는 상품들과 함께 목걸이를 팔았어. 어느 날 잔느는 길거리를 지나다가 자신의 옛날 목걸이와 똑같은 걸 발견한 거야. 가격도 똑같은 50프랑! 잔느는 그 목걸이를 샀어. 그 목걸이는 바로 마틸다가 길에서 잃어버린 거였지.

40p

문제의 책임이 누구에게 있는지 잘잘못을 따져 비판해 보는 활동입니다. 정해진 답은 없지만, 주어진 근거를 토대로 누구의 잘못인지 객관적으로 판단할 수 있도록 지도해 주세요.

41p

뒷이야기를 상상해서 써보는 활동입니다. 뒷이야기를 쓸 때, 지켜야 하는 방법을 참고해서 설득력 있고 개연성 있는 글이 될 수 있도록 지도해 주세요.

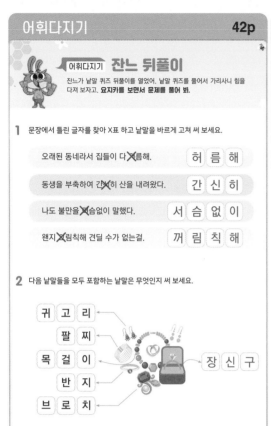

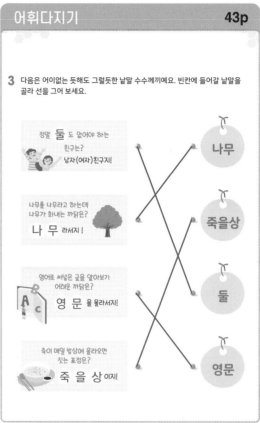

해설

42~43p

요지카에서 다룬 어휘를 다시 한번 문제로 풀어보면서 어휘력을 기를 수 있습니다. 요지카를 보면서 문제를 풀 수 있도록 지도해 주세요.

준비하기   46p

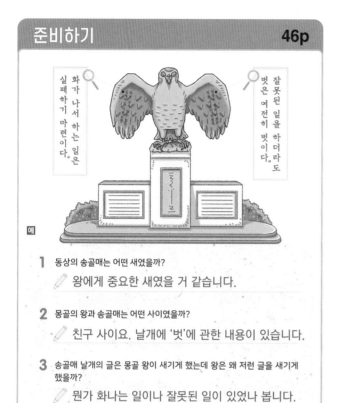

화가 나서 하는 일은 실패하기 마련이다.

잘못된 일을 하더라도 벗은 여전히 벗이다.

예

1 동상의 송골매는 어떤 새였을까?

✎ 왕에게 중요한 새였을 거 같습니다.

2 몽골의 왕과 송골매는 어떤 사이였을까?

✎ 친구 사이요. 날개에 '벗'에 관한 내용이 있습니다.

3 송골매 날개의 글은 몽골 왕이 새기게 했는데 왕은 왜 저런 글을 새기게 했을까?

✎ 뭔가 화나는 일이나 잘못된 일이 있었나 봅니다.

해설 46p

그림을 보면서 앞으로 어떤 이야기를 읽게 될지 먼저 추측해 보고 이야기에 대한 기대와 흥미를 높이는 활동입니다. 정해진 답이 없으므로 자신의 생각을 자신 있게 표현하면 됩니다.

요지카 낱말 등급   활동지 19~20p

길들이다	★★★☆☆	날래다	★★★★☆
여느	★★★★☆	내리	★★★★★
빈손	★★★☆☆	오락가락하다	★★★★☆
단칼	★★★★★	발치	★★★★☆
뼈아프다	★★★★☆	섬뜩하다	★★★★☆

들어보기   48~58p

● ㄱㄷㅇㄷ(ㄱㄷㅇ)

그리고 챠간숑홀은 새끼 때부터 테무친이 **길들여** 함께 매사냥을 나가던 송골매예요.

● ㄴㄹㄷ(ㄴㄹㄱ)

테무친의 이름은 '푸른 이리'라는 뜻인데요, 이름처럼 **날래고** 용맹한 전사이기도 해요.

● ㅇㄴ

매사냥이니까 당연히 챠간숑홀도 **여느** 때처럼 테무친의 팔뚝에 앉아 있었고요.

● ㄴㄹ

언제든 사냥감이 눈에 띄면 곧장 하늘 높이 날아올라 화살처럼 **내리** 덮칠 참이었지요.

● ㅂㅅ

해 질 무렵이 되자 거의 **빈손**으로 돌아갈 수밖에 없었지요.

● ㅇㄹㄱㄹㅎㄷ (ㅇㄹㄱㄹㅎㄷㄴ)

그리고는 몇 차례 앞뒤로 **오락가락하더니** 바위 위에 내려앉더라고요.

● ㄷㅋ

그러자 아니나 다를까요, 테무친이 **단칼**에 챠간숑홀을…!

● ㅂㅊ

챠간숑홀은 피를 흘리며 테무친의 **발치**에 쓰러지고 말았어요.

● ㅃㅇㅍㄷ(ㅃㅇㅍ)

이번 일로 **뼈아픈** 교훈을 얻었다고 하더군요.

● ㅅㄸㅎㄷ(ㅅㄸㅎㄱ)

전 솔직히 챠간숑홀 동상을 볼 때마다 왠지 **섬뜩하고** 힘들어요.

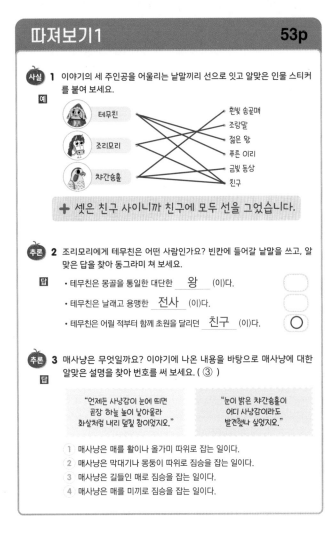

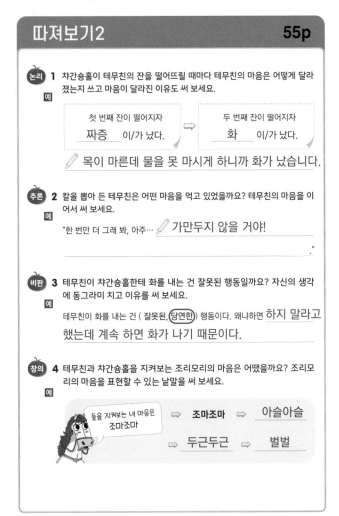

해설

53p

1. 각 인물의 이름과 특징을 알아보는 사실적 질문입니다. 이야기에 나온 핵심어를 인물과 연결지어 생각해 볼 수 있습니다.

2. 테무친을 설명하는 문장에 들어갈 낱말을 쓰고, 조리모리의 생각을 추론해 보는 활동입니다. 이야기에 나온 내용을 바탕으로 문제를 정확하게 풀 수 있도록 지도해 주세요.

3. 이야기에 나온 문맥적 의미를 파악해서 매사냥이 무엇인지 추론해 보는 활동입니다. 문제에서 제시된 내용이 나오는 부분을 다시 찾아 읽으면서 정확하게 추론해 낼 수 있도록 지도해 주세요.

55p

1. 테무친의 마음이 어떻게 달라지는지 핵심어로 정리해 보고, 달라지는 이유를 논리적으로 설명하는 활동입니다. 자신에게 적용해서 이와 같은 경험이 있는지 물어봐 주세요.

2. 화난 테무친이 어떤 마음을 먹었을지 구체적인 말로 표현해 보는 활동입니다. 테무친의 마음을 표현하면서 앞으로 일어날 일을 추론해 볼 수도 있습니다.

3. 테무친의 행동을 비판적으로 따져보고, 논리적인 이유를 제시하는 활동입니다. 이유가 충분히 설득력이 있는지 살펴봐 주세요.

4. 조리모리의 마음을 짐작해서 적절한 낱말로 표현해 보는 창의적 활동입니다. 조리모리의 마음을 짐작하기는 어렵지 않지만, 낱말로 표현하는 건 좀 더 노력이 필요합니다. 아이들의 표현이 다양하게 나올 수 있도록 긍정적으로 지켜봐 주세요.

따져보기3　57p

사실 **1** 챤간숑홀이 테무친의 잔을 계속 엎지른 까닭을 설명한 문장에 알맞은 낱말을 써 보세요.
답

• 샘에 뱀이 품고 있던 　독　 이/가 퍼졌다.

• 테무친이 　샘　　물　 을/를 마시면 죽을 수도 있다.

• 테무친을 구하려고 　잔　 을/를 엎질렀다.

비판 **2** 잔을 엎지른 챤간숑홀의 행동을 어떻게 생각하나요? 자신의 생각에 동그라미 치고 이유를 써 보세요.
예

챤간숑홀의 행동은 (잘한)잘못한) 일이다. 왜냐하면 친구가 죽을 수도 있는데 보고 있을 수만은 없기 때문이다.

➕ 내가 챤간숑홀이어도 친구를 구했을 거 같습니다. 친구가 위험한 걸 모른 척할 수는 없으니까요.

추론 **3** 테무친이 얻었다고 하는 뼈아픈 교훈은 무엇일까요? 알맞은 설명에 별표 해 보세요.
답

짐승은 믿을 게 못 된다.

친구가 죽으면 뼈가 아프다.

화가 났을 때는 잘못하기 쉽다.　☆

논리 **4** 테무친에게 말해 주면 좋을 속담은 무엇일까요? 다음에서 골라 동그라미 치고 이유를 말해 보세요.
답

• 방귀 뀐 놈이 성낸다.

• 한번 엎지른 물은 다시 주워 담지 못한다.　◯

• 아니 땐 굴뚝에 연기 날까.

해설

57p

2. 인물이 잘했는지, 잘못했는지 비판적으로 따져보는 문제입니다. 잘했다고 생각한다면 챤간숑홀이 위험해질 수도 있는데 괜찮은지 물어봐 주시고, 잘못했다고 생각한다면 테무친이 죽도록 내버려 두어도 되는지 물어봐 주세요.

3. 뼈아프다는 말의 의미를 문맥적으로 추론해서 테무친이 얻은 뼈아픈 교훈을 구체적으로 생각해 볼 수 있습니다. 사건과 연관지어서 답을 찾을 수 있습니다.

4. 방귀 뀐 놈이 성낸다. → 잘못을 저지른 쪽에서 오히려 남에게 성낸다. / 한번 엎지른 물은 다시 주워 담지 못한다. → 일단 저지른 잘못은 회복하기 어렵다는 말. / 아니 땐 굴뚝에 연기 날까. → 원인이 없으면 결과가 있을 수 없다.

따져보기4　59p

추론 **1** 왜 테무친은 챤간숑홀의 동상을 만들고 글을 써넣게 했을까요? 알맞은 설명에 모두 동그라미 쳐 보세요.
답

• 볼 때마다 뼈아픈 교훈을 되새기려고 글을 써넣었다.　◯

• 챤간숑홀에게 미안함을 표현하려고 동상을 만들었다.　◯

• 자신의 잘못을 용서받으려고 동상을 만들었다.　◯

• 똑똑함을 자랑하고 싶어서 글을 써 넣었다.

➕ 테무친이 깨달은 교훈을 써넣은 것은 자랑하고 싶어서 한 행동이 아닙니다.

논리 **2** 조리모리가 챤간숑홀의 동상을 볼 때마다 섬뜩하고 힘든 것은 이상한 일일까요? 자신의 생각에 동그라미 치고 이유를 써 보세요.
예

조리모리가 힘들어 하는 것은 (이상한,(당연한)) 일이다. 왜냐하면 테무친에 대한 믿음이 깨졌기 때문이다.

비판 **3** 동상에 새긴 글의 내용이 맞다고 생각하나요? 자신의 생각에 동그라미 치고 이유를 써 보세요.
예

잘못된 일을 하더라도 벗은 여전히 벗이다.

맞다　　　틀리다

✎ 잘못된 일이 무엇인지에 따라 친구 관계가 깨질 수도 있다.

창의 **4** 테무친처럼 화가 난 채 일을 해서 실패했던 경험이 있나요? 자신의 경험을 이야기해 보고, 왜 화가 나서 일을 하면 실패하는지 이유를 써 보세요.
예

✎ 화난 채로 일을 하면 감정이 너무 예민해져서 일이 잘되기 어렵습니다.

➕ 숙제가 너무 많아서 화가 났는데, 화난 채로 영어 단어를 외웠더니 하나도 외워지지 않았습니다.

59p

1. 인물의 행동을 여러 가지 이유로 설명해 보는 추론 활동입니다. 똑똑함을 자랑하고 싶어 한다는 내용을 뒷받침할 만한 근거는 없기 때문에 답이 될 수 없고, 나머지는 모두 답이 될 수 있습니다. 아이들의 생각을 존중해 주세요.

2. 조리모리 입장이 되어서 생각의 근거를 찾아 쓰는 논리 활동입니다. 자신이 조리모리였다면 어땠을지 생각해 보고 이유를 쓸 수 있도록 지도해 주세요.

3. 친구 관계에 대한 자신의 생각을 정립해 보는 활동입니다. 친구 관계가 어그러진 경험을 떠올려 보고, 잘못을 하면 어느 정도까지 받아들일 수 있는지도 말해 보면 좋습니다.

2. 화를 내며 일을 하면 안 좋은 이유를 써 보는 활동입니다. 자신의 화난 행동을 말하기 싫어하는 아이들이 있다면 주변에서 화난 사람을 본 경험을 이야기할 수 있도록 지도해 주세요.

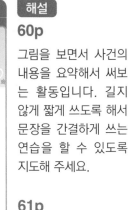

해설

60p

그림을 보면서 사건의 내용을 요약해서 써보는 활동입니다. 길지 않게 짧게 쓰도록 해서 문장을 간결하게 쓰는 연습을 할 수 있도록 지도해 주세요.

61p

감정을 나타내는 다양한 어휘를 그림과 낱말로 표현하는 활동입니다. 그림을 잘 못 그리더라도 표정을 풍부하게 표현해 낼 수 있으면 좋습니다.

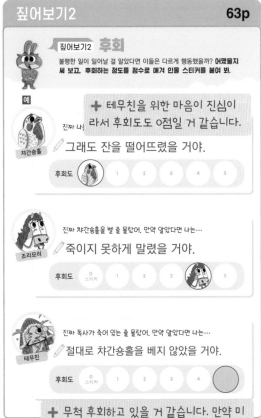

62p

등장인물이 되어서 행동의 이유를 설득력 있게 써보는 활동입니다. 인물이 처한 입장과 상황을 충분히 반영해서 설득력 있는 내용으로 기술했는지 살펴봐 주세요.

63p

앞에서 등장인물의 행동의 이유를 생각해 보았다면, 이번에는 각 인물들이 자신의 행동을 후회할지 추론해 보는 활동입니다. 후회도에 점수를 매긴 후, 왜 그렇게 생각했는지 이유를 말할 수 있도록 지도해 주세요.

짚어보기3　64p

짚어보기3 깨달음
조리모리도 느끼고 깨달은 것을 명언으로 만들려고 해. 네가 조리모리라면 어떤 명언을 할지 멋지게 말을 만들어 봐.

사람들은
할 말이 없으면
욕을 한다.
-볼테르 (프랑스 사상가)

반성하지 않는 삶은
살 가치가 없다.
-소크라테스 (고대 그리스 철학자)

나도 명언 한마디
하자면...

예

화가 나서 하는 일은
실패하기 마련이다.

말 못하는 동물이라도
친구를 소중히 여길
줄 안다.

잘못된 일을 하더라도
벗은 여전히 벗이다.

모든 생명은
소중하다.

짚어보기4　65p

짚어보기4 조리모리 동상
조리모리가 나이 들어 죽자 테무친은 이번에도 조리모리의 동상을 만들었대. 조리모리 동상에는 어떤 글을 새길지 짐작해서 써 봐!

예

조리모리야,
나를 두고 가지 마,
엉엉엉

나와 함께 달려 준
한결같은 벗
너와 함께라서
늘 한 발을 더 나아갈 수 있었다!

짚어보기5　66p

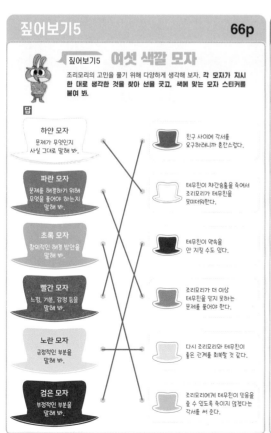

짚어보기5 여섯 색깔 모자
조리모리의 고민을 풀기 위해 다양하게 생각해 보자. 각 모자가 지시한 대로 생각할 것을 찾아 선을 긋고, 색에 맞는 모자 스티커를 붙여 봐.

답

하얀 모자
문제가 무엇인지
사실 그대로 말해 봐.

파란 모자
문제를 해결하기 위해
무엇을 풀어야 하는지
말해 봐.

초록 모자
창의적인 해결 방안을
말해 봐.

빨간 모자
느낌, 기분, 감정 등을
말해 봐.

노란 모자
긍정적인 부분을
말해 봐.

검은 모자
부정적인 부분을
말해 봐.

친구 사이에 각서를
요구하려니까 혼란스럽다.

테무친이 착한 심성을 죽여서
조리모리가 테무친을
못마땅해한다.

테무친이 약속을
안 지킬 수도 있다.

조리모리가 더 이상
테무친을 믿지 못하는
문제를 풀어야 한다.

다시 조리모리와 테무친이
좋은 관계를 회복할 것 같다.

조리모리에게 테무친이 믿음을
줄 수도 있도록 죽이지 않겠다는
각서를 써 준다.

보고하기　67p

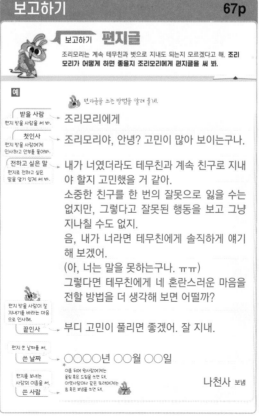

보고하기 편지글
조리모리는 계속 테무친과 벗으로 지내도 되는지 모르겠다고 해. 조리모리가 어떻게 하면 좋을지 조리모리에게 편지글을 써 봐.

예

편지글을 쓰는 방법을 알려 줄게.

받을 사람
편지 받을 사람을 써 봐.
조리모리에게

첫인사
편지 받을 사람에게
인사하고 안부를 물어봐.
조리모리야, 안녕? 고민이 많아 보이는구나.

전하고 싶은 말
편지로 전하고 싶은
말을 알기 쉽게 써 봐.
내가 너였더라도 테무친과 계속 친구로 지내야 할지 고민했을 거 같아.
소중한 친구를 한 번의 잘못으로 잃을 수는 없지만, 그렇다고 잘못된 행동을 보고 그냥 지나칠 수도 없지.
음, 내가 너라면 테무친에게 솔직하게 얘기해 보겠어.
(아, 너는 말을 못하는구나. ㅠㅠ)
그렇다면 테무친에게 네 혼란스러운 마음을 전할 방법을 더 생각해 보면 어떨까?

끝인사
편지 받을 사람이 잘
지내기를 바라는 마음
으로 인사해.
부디 고민이 풀리면 좋겠어. 잘 지내.

쓴 날짜
편지 쓴 날짜를 써.
○○○○년 ○○월 ○○일

쓴 사람
편지를 보내는
사람의 이름을 써.
나천사 보냄

해설

64p
예시로 나온 명언을 통해 명언이 무엇인지, 조리모리가 명언을 남긴다면 어떤 말을 하면 좋을지 생각해 보고 문장으로 표현해 볼 수 있도록 지도해 주세요.

65p
테무친 입장이 되어서 벗으로 여긴 조리모리를 위해 어떤 내용을 남길지 고민해 봅니다. 테무친의 마음이 구체적이고 자세하게 드러날 수 있도록 지도해 주세요.

66p
여섯 색깔 모자 토론 기법으로 생각을 확장시키고 논리적인 사고를 훈련시키는 활동입니다. 색지로 여섯 색깔의 모자를 만들어서 머리에 쓰고, 모자가 지시하는 대로 생각해 보는 연습을 해보세요.

67p
자신의 생각을 편지글로 정리해 봅니다. 주어진 설명에 따라 완성된 문장으로 쓸 수 있도록 지도해 주세요.

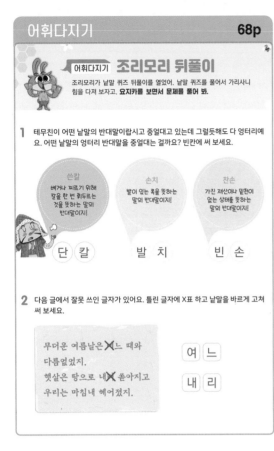

어휘다지기 **조리모리 뒤풀이**

조리모리가 낱말 퀴즈 뒤풀이를 열었어. 낱말 퀴즈를 풀어서 가리사니 힘을 다져 보자고. **요지카를 보면서 문제를 풀어 봐.**

1 테무친이 어떤 낱말의 반대말이랍시고 중얼대고 있는데 그럴듯해도 다 엉터리예요. 어떤 낱말의 엉터리 반대말을 중얼대는 걸까요? 빈칸에 써 보세요.

쓴칼
베거나 찌르기 위해 칼을 한 번 휘두르는 것을 뜻하는 말의 반대말이지!

손치
발이 있는 쪽을 뜻하는 말의 반대말이지!

찬손
가진 재산이나 밑천이 없는 상태를 뜻하는 말의 반대말이지!

단 칼   발 치   빈 손

2 다음 글에서 잘못 쓰인 글자가 있어요. 틀린 글자에 X표 하고 낱말을 바르게 고쳐 써 보세요.

무더운 여름날은 ~~여~~느 때와
다름없었지.
햇살은 땅으로 내~~러~~쏟아지고
우리는 마침내 헤어졌지.

여 느
내 리

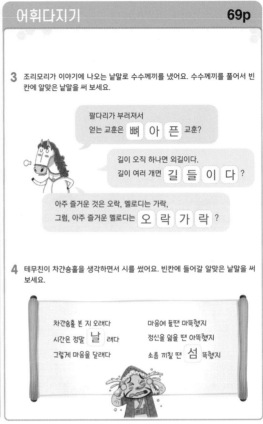

3 조리모리가 이야기에 나오는 낱말로 수수께끼를 냈어요. 수수께끼를 풀어서 빈칸에 알맞은 낱말을 써 보세요.

팔다리가 부러져서
얻는 교훈은 **뼈 아 픈** 교훈?

길이 오직 하나면 외길이다.
길이 여러 개면 **길 들 이 다**?

아주 즐거운 것은 오락, 멜로디는 가락,
그럼, 아주 즐거운 멜로디는 **오 락 가 락**?

4 테무친이 차간숑홀을 생각하면서 시를 썼어요. 빈칸에 들어갈 알맞은 낱말을 써 보세요.

차간숑홀 본 지 오래다   마음에 들땐 마뜩했지
시간은 정말 **날** 래다   정신을 잃을 땐 아뜩했지
그렇게 마음을 달래다   소름 끼칠 땐 **섬** 뜩했지

해설

68~69p

요지카에서 다룬 어휘를 다시 한번 문제로 풀어보면서 어휘력을 기를 수 있습니다. 요지카를 보면서 문제를 풀 수 있도록 지도해 주세요.

3장 아트리의 종

준비하기   72p

해설 72p

만화로 우분투 이야기를 쉽게 이해해 보고 공동체에 대한 생각을 정립해 보는 활동입니다. 함께 잘 살기 위한 방법은 무엇일지 제시된 문제를 풀어보면서 고민해 볼 수 있습니다.

요지카 낱말 등급   활동지 21~22p

정의	★★☆☆☆	누비다	★★☆☆☆
짤막하다	★★☆☆☆	덩굴	★★☆☆☆
잔뼈가 굵다	★★★★★	앞가림	★★★★★
겨를	★★☆☆☆	먼지투성이	★★★★★
몹쓸	★★★☆☆	앞뒤가 맞다	★★★★★

들어보기   74~85p

● ㅈㅇ

정의는 무슨 얼어 죽을….

● ㄴㅂㄷ

까발로는 젊을 때부터 저와 같이 전쟁터를 **누비던** 말이고요.

● ㅉㅁㅎㄷ (ㅉㅁㅎㅈㄷㅇ)

억울한 사람이 얼마나 많았는지 종을 당기는 밧줄이 닳아서 아래쪽이 **짤막해졌대요**.

● ㄷㄱ

광장에서 멀지 않은 곳에 있는 자신의 집 정원으로 달려가서 긴 포도 **덩굴**을 가지고 왔대요.

● ㅈㅃㄱ ㄱㄷ(ㅈㅃㄱ ㄱㅇ)

전쟁터에서 **잔뼈가 굵은** 놈이라 제 앞가림 정도는 할 줄 안다고요.

● ㅇㄱㄹ

전쟁터에서 잔뼈가 굵은 놈이라 제 **앞가림** 정도는 할 줄 안다고요.

● ㄱㄹ

매일 돈벌이 궁리에 바쁜데 녀석이 배고프지는 않을까 춥지는 않을까 걱정할 **겨를**이 없었다고요.

● ㅁㅈㅌㅅㅇ

앙상하게 마른 다리를 절룩이며 **먼지투성이** 길을 따라 거니는 꼴이 너무 불쌍했다나요?

● ㅁㅆ

몹쓸 주인은 집에서 돈이나 세고 있고, 불쌍한 말은 제대로 먹지도 못하고 언덕을 헤매고 있구나!

● ㅇㄷㄱ ㅁㄷ (ㅇㄷㄱ ㅁㄴ)

무엇보다 정의의 기사였던 제게 정의가 어쩌고저쩌고 하다니 이게 **앞뒤가 맞는** 건가요?

1 까발리에와 까발로는 어떤 사이인가요? 잘 설명한 문장에 동그라미 쳐 보세요.

답

- 까발리에는 목장 주인이고 까발로는 그가 기르던 말이다.
- 까발리에는 정의로운 기사고 까발로는 그가 타던 말이다. ⭕
- 까발리에는 부자 상인이고 까발로는 그가 샀던 말이다.

2 아트리에 있는 정의의 종은 언제 울려야 할까요? 다음에서 골라 종 스티커를 붙여 주세요.

답

| 친구들이 지각하지 않게 아침 일찍 종을 울려야지!
스티커 | 수업 시간에 친구가 몰래 게임하는 것을 알리기 위해 종을 울려야지!
스티커 | 거짓말하지 않았는데 아무도 내 말을 믿지 않으니까 종을 울려야지! 🔔 |

✚ 아무도 믿어주지 않으면 억울할 것 같습니다.

3 정의의 종을 당기는 밧줄이 왜 짤막해졌을까요? 다음 문장에서 틀린 글자를 찾아 X표 한 후, 문장을 바르게 고쳐 써 보세요.

답

✖울한 사람이 많아서 ✖을 자주 울리다 보니 밧줄이 ✖았다.

✏️ 억울한 사람이 많아서 종을 자주 울리다 보니 밧줄이 닳았다.

4 정의의 종이 필요한 곳은 어디일까요? 정의의 종을 매달아야 한다고 생각하는 곳을 쓰고 이유를 말해 보세요.

예

✏️ 광화문 광장

✚ 사람들이 모여서 집회하는 것을 봤습니다. 광화문 광장에 정의의 종이 있다면 무엇이 억울한지 재판관들이 쉽게 들어 줄 것 같습니다.

해설

77p

1. 등장인물에 대한 정보를 잘 파악하고 있는지 확인하는 사실적 질문입니다.

2. 정의의 종이 무엇인지 인지한 후, 어떤 경우에 울리는 게 마땅한지 논리적으로 따져보는 활동입니다. 어떤 경우가 억울하고 딱한 경우인지 생각해 보고 답을 찾아봅니다.

3. 이야기에 나온 내용을 토대로 이유를 찾아 문장으로 완성해 보는 추론 문제입니다. 정확한 낱말로 고쳐 쓰면서 어휘력과 문장력을 기를 수 있습니다.

4. 억울함을 호소해야 하는 곳이 어디인지 생각해 보는 활동입니다. 정의의 종이 필요한 이유를 말할 수 있도록 지도해 주세요.

1 주변에서 정의의 종이 필요한 일을 찾아볼까요? 신문이나 방송, 인터넷에서 찾아 사건을 소개하고 왜 정의의 종이 필요한지 써 보세요.

예

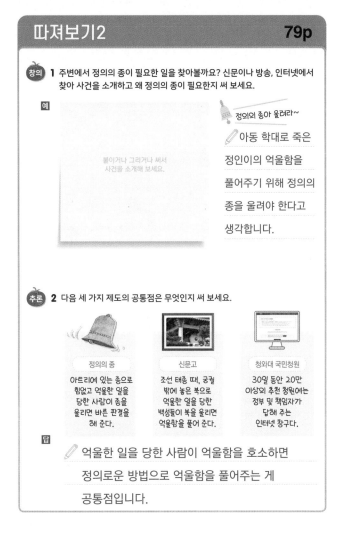

🔔 정의의 종아 울려라~

✏️ 아동 학대로 죽은 정인이의 억울함을 풀어주기 위해 정의의 종을 울려야 한다고 생각합니다.

붙이거나 그리거나 써서 사건을 소개해 보세요.

2 다음 세 가지 제도의 공통점은 무엇인지 써 보세요.

정의의 종	신문고	청와대 국민청원
아트리에 있는 종으로 힘없고 억울한 일을 당한 사람이 종을 울리면 바른 판결을 해 준다.	조선 태종 때, 궁궐 밖에 놓은 북으로 억울한 일을 당한 백성들이 북을 울리면 억울함을 풀어 준다.	30일 동안 20만 이상의 추천 청원에는 정부 및 책임자가 답해 주는 인터넷 창구다.

답

✏️ 억울한 일을 당한 사람이 억울함을 호소하면 정의로운 방법으로 억울함을 풀어주는 게 공통점입니다.

79p

1. 정의 실현이 필요한 사건을 매체에서 직접 찾아보고, 정의 실현이 필요한 이유를 설득력 있게 써보는 활동입니다. 사회에 대한 관심과 안목을 기를 뿐만 아니라 다양한 매체를 이용해서 정보를 검색해 보는 능력 또한 기를 수 있습니다.

2. 세 가지 제도가 무엇인지 설명을 잘 읽고 공통점을 추론해 보는 문제입니다. 청와대 국민청원은 방송에 자주 나오기 때문에 낯설지 않은 제도일 겁니다. 아이들과 청와대 국민청원에 접속해서 어떤 청원이 올라와 있는지 직접 찾아봐도 좋습니다. 답과 비슷한 내용을 쓸 수 있도록 지도해 주세요.

따져보기3   81p

추론 1 까발로가 정의의 종에 매단 포도 덩굴의 잎새를 뜯어 먹은 이유는 무엇일까요? 까발로 입장이 되어서 이유를 써 보세요.

예

> ✎ 배가 너무 고팠는데 싱싱한
> 포도 덩굴이 있잖아.
> 도저히 먹지 않을 수가 없었어.

비판 2 까발로를 풀어놓은 이유가 타당하면 ○표 틀리면 ✕표 해 보세요.

예

• 까발리에는 늙고 힘이 없으니까 까발로를 돌봐 줄 수 없다. ✕

➕ 늙고 힘들어 보이지 않습니다.

• 까발리에를 돌봐 주는 사람도 없으니까 까발로를 돌보지 않아도 된다. ✕

➕ 까발로는 반려동물이므로 사람이 돌봐 줘야 합니다.

• 까발로는 제 앞가림은 스스로 할 줄 아니까 돌봐 줄 필요가 없다. ✕

➕ 반려동물은 사람의 보살핌이 필요합니다. 스스로 돌볼 줄 안다는 건 까발리에의 착각입니다.

논리 3 잎새를 뜯어 먹는 바람에 종이 울렸는데 까발로가 종을 울린 거라고 말할 수 있을까요? 자신의 의견에 동그라미 치고 이유를 써 보세요.

예 까발로가 종을 (울린 거다 / 울린 게 아니다). 왜냐하면

까발로가 억울한 일을 당한 게 맞기 때문이다.

➕ 억울한 까발로를 위해 종이 울려준 거라고 생각합니다.

사실 답 4 까발로가 종을 울린 일을 잘 표현할 수 있는 말의 번호를 써 보세요. (①)

1 장님 문고리 잡기   2 제 눈에 안경   3 누워서 침 뱉기

따져보기4   83p

비판 1 까발리에는 구두쇠일까요? 자신의 생각에 동그라미 치고 이유를 써 보세요.

예 까발로는 (구두쇠다 / 구두쇠가 아니다). 왜냐하면 자신은 잘 먹고 잘 살면서 자신의 반려동물은 모른 척하기 때문이다.

추론 2 까발리에는 진짜로 까발로가 굶어 죽어도 내버려 둘까요? 자신이 맞다고 생각하는 만큼 색칠해 보세요.

예

까발로를 내버려 둔다.   까발로를 보살펴 준다.

➕ 구두쇠니까 진짜로 내버려 둘 것 같지만, 까발로와 함께 오랜 시간을 했으니 보살펴 줄 것 같아서 1점을 색칠했습니다.

논리 3 아트리 사람들은 까발로를 불쌍하게 생각하면서 왜 먹이는 주지 않는 걸까요? 이유를 짐작해서 써 보세요.

예

> ✎ 자신의 반려동물이 아니니까 책임이 없다고 생각 하는 것 같습니다.

비판 4 혼자 떠도는 까발로를 지켜만 보는 것은 정의로운 일일까요? 자신의 생각에 동그라미 치고 이유를 말해 보세요.

예 👤 그렇다   👤 아니다   👤 그럴 수도 아닐 수도 있다

➕ 까발로를 돕는 게 정의로운 일이지만, 남의 반려동물을 내 맘대로 할 수도 없을 것 같습니다.

해설

81p

2. 까발리에의 생각이 맞는지 조목조목 비판해 보는 활동입니다. 정해진 답은 없지만, 자신의 주장이 타당성이 있는지 이유를 더 설명할 수 있도록 지도해 주세요.

3. 우연히 일어난 사건을 필연적으로 볼 수 있는지 근거를 제시해 보는 문제입니다. 정해진 답은 없지만 주장이 설득력을 갖추었는지 살펴봐 주세요.

4. 까발로가 정의의 종을 울린 사건을 관용구나 속담으로 표현해 보는 활동입니다.
장님 문고리 잡기 → 능력이 없는 사람이 우연히 일을 이룬 경우를 비유한 말./ 제 눈에 안경 → 보잘 것 없어도 제 마음에 들면 좋아 보인다는 말./ 누워서 침 뱉기 → 남을 해치려다가 도리어 자신을 해침을 비유한 말.

83p

1. 설득력 있는 이유를 들어 까발리에를 비판해 보는 문제입니다. 양쪽의 주장에 대한 이유를 충분히 읽고 두 의견을 모두 수용한 후, 자신의 생각을 정립해 볼 수 있도록 지도해 주세요.

2. 까발리에의 말과 행동을 통해서 인물의 생각을 추론해 보는 활동입니다. 정해진 답은 없으니 좀 더 설득력 있다고 생각하는 쪽으로 색칠하면 됩니다. 양쪽의 생각을 둘 다 수용해서 판단해 볼 수 있도록 지도해 주세요.

3. 마을 사람들의 행동을 통해서 방관자가 되는 이유를 생각해 보는 활동입니다. 어려움에 처한 사람을 자신이 상관없다는 이유로 모른 척해도 되는지 생각해 볼 수 있도록 지도해 주세요.

4. 당연히 정의로운 일이 아닐 거라고 생각하는 아이들이 많을 수 있습니다. 단순히 감정에 치우쳐서 생각하기보다는 왜 정의롭지 않은지 더 생각해 볼 수 있도록 이유를 물어봐 주세요.

간추리기1　　　86p

간추리기1 아트리 SNS

까발리에게 있었던 일을 사진과 함께 SNS에 올리려고 해.
사진에 어울리는 검색어를 스티커로 붙여 봐.

예

① # 정의의 종　# 까발로
아트리　# 누구나

② # 포도-덩굴　# 꼬끼지오
밧줄

④ # 판결　# 재판관
억울함　# 구경꾼

⑤ # 까발리에　# 재산　# 구두쇠
기사

간추리기2　　　87p

간추리기2 까발로 이야기

까발로가 그날 있었던 일을 말하는데 도저히 알아들을 수가 없네.
까발로 말을 사람 말로 통역해서 써 봐.

예

꼬르륵, 배가 고파서 말이지…
먹을 것을 찾아서 돌아다녔단 말이지.

엉겅퀴를 먹어 보았지만 그래도 배가 고팠단 말이지.

킁킁, 냄새가 나서 말이지…
맛있는 냄새가 나는 쪽으로 갔단 말이지.

맛있는 포도 덩굴 잎새를 발견하고는 맛있게 먹었단 말이지.

그런데 갑자기 종이 뎅뎅 울리더란 말이지.

해설

86p

주요 핵심어를 검색어로 붙인다면 누구에게 적당한지 따져보는 활동입니다. 이야기를 잘 읽고 주요 핵심어와 사건을 연관지어 볼 수 있습니다.

87p

까발로가 종을 울리게 된 과정을 순서대로 정리해서 문장으로 표현해 보는 활동입니다. 재미있게 표현된 까발로 말과 그림을 보고 어렵지 않게 정리할 수 있습니다. 예와 비슷한 내용을 쓸 수 있도록 지도해 주세요.

짚어보기1　　　88p

짚어보기1 꼬치꼬치

억울한 까발리에가 아트리의 왕이 정의의 종을 두고 처음 했던 말을 꼬치꼬치 따져 보았어. 까발리에의 생각이 그럴듯하면 ○표, 아니면 ✕표, 애매하면 △표에 동그라미 쳐 봐!

예

까발로는 억울할 게 하나도 없어!　○ △ ✕
➕ 주인이 보살펴 주지 않으니 억울합니다.

까발로는 사람이 아니니까 이건 말도 안 돼!　○ △ ✕
➕ 정의의 종은 사람이 울리는 거니까 애매합니다.

까발로가 종을 울린 것도 아니잖아!　○ △ ✕
➕ 까발로가 종을 울리려고 한 건 아니지만 그래도 종이 울렸으니 애매합니다.

까발로의 사정을 듣지도 못하잖아!　○ △ ✕
➕ 동물이라고 해서 사정을 모른 척해서는 안 됩니다.

재판관들은 하나도 공정하지 않아!　○ △ ✕
➕ 공정한 판결은 아닌 것 같습니다.
까발리에의 입장을 더 들어봐야 할 것 같습니다.

짚어보기2　　　89p

짚어보기2 솔직한 대화

판결을 받은 후 까발리에와 까발로는 솔직한 대화를 나누었어.
까발로의 마음을 생각하면서 까발로의 말을 통역해서 써!

예

까발로, 너 거기 왜 갔었니?
배가 고파서 먹이를 찾으러 갔어.

내가 널 잘 돌봐 주지 않는다고 생각하니?
당연하지. 넌 먹이도 주지 않고 나랑 놀아주지도 않잖아.

내 재산 반이 없어지면 너는 기분이 좋을 거 같으니?
아니. 네가 가난해지는 건 나도 싫어.

재판관들의 판결이 공정하다고 생각하니?
음, 그건… 솔직하게 나야 공정하다고 생각하지. 먹이랑 마구간이 생기니까.

까발로, 너 또 거기 갈 거니?
그건 너 하는 거 보고 생각해 볼게.

88p

까발리에의 주장이 설득력 있는지 따져보는 활동입니다. 설득력 없다면 그렇게 생각하는 이유는 무엇인지 더 설명할 수 있도록 지도해 주세요.

89p

까발리에와 까발로 양쪽의 입장이 되어서 생각해 보는 활동입니다. 솔직한 대화를 나누는 설정이니 재치 있는 답변이 기대됩니다. 까발로의 입장으로 충분히 설득력 있게 쓰면 됩니다.

3장 아트리의 종

짚어보기3　90p

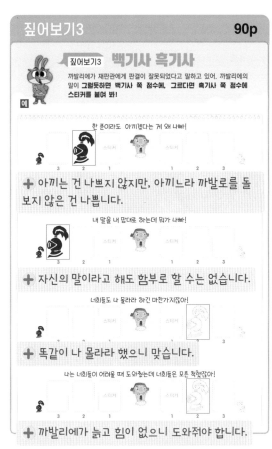

짚어보기4　91p

짚어보기5　92p

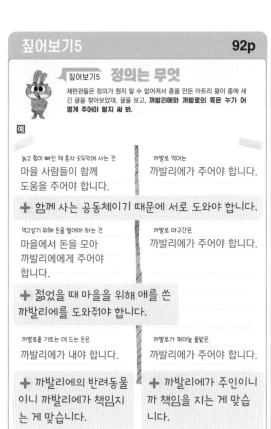

보고하기　93p

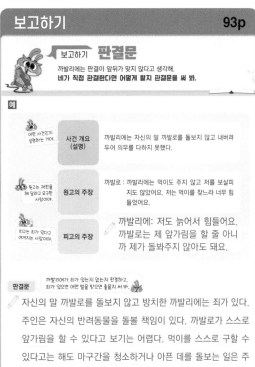

해설

90p

까발리에의 주장을 더 살펴보고 타당성을 생각해 보는 활동입니다. 주장이 얼마나 설득력 있는지를 가늠해 볼 수 있습니다.

91p

정의를 실현하기 위해서 재판관의 자격은 무엇인지 생각해 보고 답해 보는 활동입니다. 고발당한 재판관이 스스로를 재판할 자격이 있는지 따져보면서 공정한 판결을 위해 필요한 것들을 생각해 볼 수 있습니다.

92p

양쪽의 입장을 모두 검토해 보았다면, 이제 정의를 누구에게 어떻게 실현시킬지 구체적인 방법을 묻는 질문입니다. 두루뭉술한 답변 말고 구체적이고 자세하게 쓸 수 있도록 지도해 주세요.

93p

판결문 쓰기는 문제를 논리적으로 해결하고 자신의 주장을 설득력 있게 제시하는 대표적 글쓰기 방법입니다. 유무죄를 판단한 후 어떤 처벌을 내릴지 구체적으로 쓸 수 있으면 좋습니다.

어휘다지기 **까발리에 뒤풀이**

까발리에가 낱말 퀴즈 뒤풀이를 열었어. 낱말 퀴즈를 풀어서 가리사니 힘을 다져 보자고. **요지카를 보면서 문제를 풀어 봐.**

1 아트리의 벽에 낙서가 있는데 잘못 쓴 글자가 세 군데 있어요. 찾아서 X표 하고 낱말을 고쳐 써 보세요.

X의의 종에 매단
포도 X굴 때문에
쉴 겨X이 없네, 쳇!

내가 절대 쓰지 않았음.

정	의
덩	굴
겨	를

2 까발로가 혼자 놀면서 흥얼흥얼 랩을 하고 있어요. 빈칸에 들어갈 글자를 써 보세요.

비다 비다 뭔 비다?
대들면 덤비다.
문지르면 비비다.
돌아다니면 **누** 비다.

막해 막해 뭘 막해?
꽤 크면 큼지막하다.
꽤 낮으면 나지막하다.
조금 짧은 듯하면
짤 막하다.

3 까발로가 사람 말을 배우고 있는데 반대말을 엉터리로 만들었어요. 엉터리 반대말을 보고 까발로가 배운 낱말은 무엇인지 써 보세요.

뒤가림 ↔ **앞 가 림**
'제 앞에 닥친 일을 제힘으로
해냄'을 뜻하는
○○○의 반대말이지.

몹지울 ↔ **몹 쓸**
'몹시 못된'을 뜻하는
○○의 반대말이지.

먼지떨이 ↔ **먼 지 투 성 이**
'온몸에 먼지가 묻어 더럽게 된 상태'를 뜻하는
○○○○○의 반대말이지.

4 앗, 낱말이 뒤죽박죽 섞여 있어요. 뜻을 보고 낱말을 바르게 써 보세요.

뒤가다앞맞
앞 뒤 가 맞 다
이야기 따위가
이치에 맞고 조리가 있다.

굶뼈가잔다
잔 뼈 가 굵 다
오랜 기간 한곳에서
일을 하여 그 일에 익숙하다.

94~95p

요지카에서 다룬 어휘를 다시 한번 문제로 풀어보면서 어휘력을 기를 수 있습니다. 요지카를 보면서 문제를 풀 수 있도록 지도해 주세요.

4장 호동 왕자와 낙랑 공주

준비하기   98p

아빠가 좋아?   엄마가 좋아?

예

1 이 질문에 어떻게 대답했는지 동그라미 쳐 봐.

◯ 엄마가 좋아!   ◯ 아빠가 좋아!

◯ 엄마에게는 엄마가 좋아, 아빠에게는 아빠가 좋아!

● 둘 다 좋아!   ◯ 아, 몰라!

✚ 그냥 귀찮아서 둘 다 좋다고 대답했습니다.

2 왜 엄마 아빠는 이런 질문을 하는 걸까? 네 생각을 말해 봐.

🖊 그건… 아마도 … 내가 너무 좋아서 그런 거 같습니다.

3 엄마 아빠에게 이런 질문을 받으면 기분이 어때? 네 기분을 말해 봐.

🖊 내 기분은… 솔직하게 말하면 두 분 중 한 분은 상처받을 거 같아서 혼란스럽습니다.

해설 98p

양자택일의 갈등 상황을 아이들이 자주 받는 질문으로 미리 살펴보는 활동입니다. 무엇 중 하나를 골라야 할 때 어떤 기분이 드는지 이야기해 볼 수 있습니다.

요지카 낱말 등급   활동지 23~24p

꿍꿍이	★★★★☆	훤하다	★★★☆☆
자자하다	★★★★☆	안달	★★★★☆
빌미	★★★★★	낌새	★★★★☆
고분고분	★★★☆☆	난데없이	★★★☆☆
설마	★★☆☆☆	죗값	★★★★★

들어보기   100~110p

● ㄲㄲㅇ

사실 겉보기에는 두 사람이 혼인하는 것처럼 보이지만 속으로는 다른 **꿍꿍이**가 있어요.

● ㅎㅎㄷ(ㅎㅎ)

게다가 호동 왕자는 인물이 **훤한** 게 누가 봐도 평범한 나그네가 아니었어요.

● ㅈㅈㅎㄷ(ㅈㅈㅎㅇㄴ)

호동 왕자는 잘생긴 미남이라고 소문이 **자자했으니** 못 알아볼 수가 없었지요.

● ㅇㄷ

고구려는 우리 낙랑국 같이 작은 나라를 잡아먹지 못해 **안달**이었어요.

● ㅂㅁ

한편으로는 고구려가 우리 낙랑을 침략할 **빌미**를 주어서도 안되기 때문에 왕자에게 함부로 할 수 없었어요.

● ㄲㅅ

적이 침략할 **낌새**가 있으면 자명고는 미리 알아서 둥둥 울리는 북이고, 자명각은 왜뚜 소리를 내는 뿔피리지요.

● ㄱㅂㄱㅂ

호동 왕자는 우리 낙랑에 있는 동안 **고분고분** 잘 지냈어요.

● ㄴㄷㅇㅇ

난데없이 고구려 군사들이 성으로 들이닥쳤어요.

● ㅅㅁ

설마 했는데 공주가 자명고와 자명각을 망가뜨렸던 거예요.

● ㅈㄱ

신하들은 나라를 배신한 공주가 목숨으로 **죗값**을 치러야 한다고 목소리를 높였고요.

145

사실 1 다음은 누구를 말하는 걸까요? 다섯 고개 놀이의 답을 이야기에서 찾아 써 보세요.

답

①	사람입니까?	(예) 아니오
②	남자입니까?	(예) 아니오
③	왕자입니까?	예, (아니오)
④	고구려의 왕입니까?	예, (아니오)
⑤	낙랑의 왕입니까?	(예) 아니오

최리

추론 2 최리가 호동 왕자를 사위로 들인 이유 두 가지를 찾아 동그라미 쳐 보세요.

답

- 호동 왕자에게 자명고와 자명각을 자랑하고 싶었다.
- 호동 왕자가 낙랑국에 있으면 고구려의 침략을 막을 수 있었다. ⭕
- 호동 왕자에게 낙랑국을 물려주려고 했다.
- 호동 왕자를 이용해서 고구려에 대한 정보를 캐내려고 했다. ⭕

논리 3 최리가 호동왕자를 사위로 들인 행동은 '일석이조'라고 해요. 일석이조의 뜻을 살펴보고, 이와 비슷한 속담을 찾아 동그라미 쳐 보세요.

답

일석이조(一石二鳥)   ─ 한 일, 石 돌 석, 二 두 이, 鳥 새 조
돌 한 개를 던져 두 마리 새를 잡는다는 의미로 한 가지 일을 해서 두 가지 이익을 얻을 때 쓰는 말입니다.

- 꿩 먹고 알 먹는다. ⭕
- 콩 심은 데 콩 나고 팥 심은 데 팥 난다.
- 가는 말이 고와야 오는 말이 곱다.

논리 1 이야기에 등장하는 이들이 서로를 대하는 마음은 진심일까요? 이들의 마음이 진짜인지 가짜인지 스티커를 붙이고 그렇게 짐작한 이유를 말해 보세요.

예

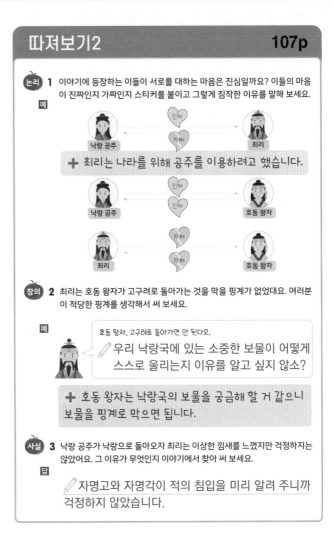

➕ 최리는 나라를 위해 공주를 이용하려고 했습니다.

창의 2 최리는 호동 왕자가 고구려로 돌아가는 것을 막을 핑계가 없었어요. 여러분이 적당한 핑계를 생각해서 써 보세요.

예

호동 왕자, 고구려로 돌아가면 안 된다오.

✏️ 우리 낙랑국에 있는 소중한 보물이 어떻게 스스로 울리는지 이유를 알고 싶지 않소?

➕ 호동 왕자는 낙랑국의 보물을 궁금해 할 거 같으니 보물을 핑계로 막으면 됩니다.

사실 3 낙랑 공주가 낙랑으로 돌아오자 최리는 이상한 낌새를 느꼈지만 걱정되지는 않았어요. 그 이유가 무엇인지 이야기에서 찾아 써 보세요.

답

✏️ 자명고와 자명각이 적의 침입을 미리 알려 주니까 걱정하지 않았습니다.

해설

105p

1. 이야기를 잘 이해하고 있는지 확인하는 사실적 질문입니다. 재미있는 다섯 고개 놀이로 답을 찾으면서 추론 능력까지 기를 수 있습니다.

2. 이야기를 통해 최리의 의도를 추론해 보는 활동입니다. 이야기에 이미 나와 있지만, 인물의 의도를 정확하게 이해하고 있는지 확인하면서 독해가 잘되는지 알 수 있습니다.

3. 문맥적 의미를 파악해서 사자성어의 뜻을 이해해 보고 비슷한 속담으로 연결해 보는 활동입니다. 아이들이 잘 알고 있는 속담으로 출제되었으니 먼저 답을 찾아본 후, 정확한 뜻을 알려주시면 좋습니다.

107p

1. 등장인물의 말과 행동을 통해서 이들이 서로를 대하는 마음이 어땠는지 따져보는 활동입니다. 정해진 답이 없으므로 자신이 왜 그렇게 생각했는지 더 설명할 수 있도록 지도해 주시고, 타당한지 들어봐 주세요.

2. 등장인물이 되어서 적당한 방법을 생각해 내는 창의적 활동입니다. 자신이 최라라면 어떤 핑계로 호동 왕자를 막을지 써봅니다. 핑계가 그럴듯한지 살펴봐 주세요.

3. 최리의 생각을 이야기에서 찾아 써보는 사실적 질문입니다. 답과 비슷한 내용으로 썼는지 확인해 주시고, 다른 내용을 썼다면 왜 그렇게 생각했는지 더 물어봐 주세요.

따져보기3　　　109p

비판 1 낙랑국의 평화를 위해 낙랑 공주를 호동 왕자와 혼인시킨 최리의 행동은 옳을까요? 자신의 생각에 동그라미 치고 이유를 써 보세요.

예 낙랑 공주와 호동 왕자를 혼인시킨 최리의 행동은 (옳다 / ⟨옳지 않다⟩)

✎ 나라를 위해서 공주를 희생시킨 행동이라고 생각한다.

➕ 비록 공주가 왕자를 좋아하기는 했어도 공주의 감정을 이용한 건 나쁘다고 생각합니다.

논리 2 낙랑이 항복할 수밖에 없었던 이유는 무엇일까요? 알맞은 이유에 모두 선을 그어 보세요.

예

낙랑이 항복할 수밖에 없었던 이유는
- 자명고와 자명각이 울리지 않았기 때문이다.
- 적의 침입에 아무런 대비를 하지 않았기 때문이다.
- 고구려가 힘이 세고 낙랑은 힘이 약했기 때문이다.
- 최리가 어리석었기 때문이다.
- 낙랑 공주가 배신했기 때문이다.

➕ 모두 답이 될 수 있습니다. 공주의 배신도 보물이 망가진 것도 이유가 되고, 보물만 믿은 최리도 어리석었습니다.

추론 3 공주와 보물을 믿었던 최리는 뒤늦게 후회했어요. 최리의 상황에 어울리는 속담을 따라 써 보고, 어울리는 뜻을 찾아 선을 그어 보세요.

답
- 소 잃고 외양간 고친다. ── 일이 이미 잘못된 뒤에는 손을 써도 소용이 없다.
- 믿는 도끼에 발등 찍힌다. ── 잘되리라고 믿고 있던 일이 어긋나거나 믿고 있던 사람이 배신하여 오히려 해를 입는다.
- 등잔 밑이 어둡다. ── 가까이 있어도 도리어 잘 알기 어렵다.

따져보기4　　　111p

논리 1 낙랑 공주가 자명고와 자명각을 망가뜨린 이유를 두 가지 써 보세요.

답
1. ✎ 호동 왕자와 헤어지지 않으려고 망가뜨렸습니다.
2. ✎ 낙랑을 위해서 일찍 항복하게 하려고 망가뜨렸습니다.

비판 2 낙랑 공주는 낙랑을 위해서 일찍 항복하는 게 좋다고 생각해요. 공주의 생각에 동의하는지 동그라미 치고 이유를 써 보세요.

예 공주의 생각에 (동의한다 / ⟨동의하지 않는다⟩).

✎ 공주 혼자서 정할 수 있는 문제는 아니다. 낙랑 백성들의 생각도 들어보아야 한다.

사실 3 최리가 갈등하는 문제는 무엇인가요? 빈칸에 들어갈 낱말을 써 보세요.

답 낙랑 공주의 　**죗값**　 은/는 크지만, 자신의 　**딸**　 인데 죽게 놔둘 수는 없어서 갈등하고 있어요.

논리 4 낙랑국은 누구 때문에 망한 것일까요? 낙랑국을 망하게 한 사람을 이유와 함께 말해 보세요.

낙랑이 망한 이유는 적의 침입에 대비하지 않고 보물만 믿은 어리석은 왕과 나약한 백성들 때문이야. 나라는 스스로 지켜야 해.

낙랑이 망한 이유는 보물을 망가뜨린 낙랑 공주 때문이야. 자명고와 자명각이 망가지지 않았다면 고구려가 함부로 침입할 수 없었을 거야.

➕ 낙랑국의 멸망은 대비하지 못한 최리, 보물을 망가뜨린 공주, 나라를 지킬 마음이 없는 백성들, 보물을 망가뜨리라고 부추긴 왕자, 낙랑을 침략한 고구려, 이 모두에게 있습니다.

해설

109p

1. 최리의 행동을 비판적으로 따져보고 자신의 생각을 쓰는 활동입니다. 최리의 행동을 어떻게 평가해야 하는지 생각을 정리할 수 있습니다.

2. 낙랑의 멸망의 책임이 어디에 있는지 따져보는 논리 활동입니다. 제시된 이유는 모두 답이 될 수 있으므로 왜 그렇게 생각하는지 이유를 꼭 물어봐 주세요.

3. 최리가 처한 상황을 다각도로 분석해서 어울리는 속담을 배우는 활동입니다. 속담의 뜻을 연결지어 보면서 정확한 뜻도 이해할 수 있습니다.

111p

1. 공주의 행동이 어떤 의도로 이루어진 것인지 파악하는 논리 활동입니다. 이야기에 제시되어 있지만 문제를 풀면서 독해가 잘되고 있는지 확인해 볼 수 있습니다.

2. 공주의 행동을 이유를 들어 비판해 보는 문제입니다. 자신이 공주라면 어떻게 했을지 물어봐주어 생각을 더 확장시킬 수 있도록 지도해 주세요.

3. 최리가 무엇을 갈등하는지 핵심어를 넣어 문장을 완성해 보는 문제입니다. 정확한 낱말을 넣어 문장을 완성해 봄으로써 어휘력과 문장력을 기를 수 있습니다.

4. 예시에 나온 입장을 토대로 낙랑의 멸망 원인을 누구 때문이라고 판단하는지 묻는 논리 문제입니다. 예시에 나온 사람뿐만 아니라 다양한 사람에게서 원인을 찾을 수 있으므로, 생각을 충분히 표현할 수 있도록 말로 활동해 보는 문제입니다.

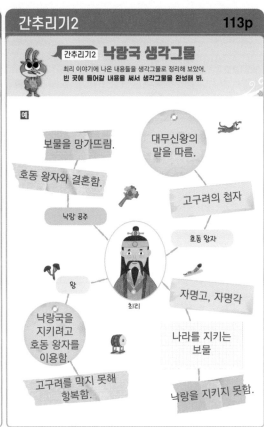

해설

112p

그림을 보고 어울리는 제목을 지으면서 이야기를 간결하게 정리해서 핵심 문장으로 표현하는 문제입니다.

113p

이야기에서 연상 작용으로 떠오르는 생각들을 생각그물로 정리해 보는 활동입니다. 정해진 답이 없으므로, 이야기와 관련된 많은 내용들이 연상되면 좋습니다.

114p

등장인물의 마음을 짐작해 보고, 자신이 그 입장이 된다면 어떤 선택을 할지 생각해 보는 활동입니다. 선택의 기준이 무엇인지 이유에 정확하게 쓸 수 있으면 좋습니다.

115p

낙랑 공주가 처한 상황을 재치 있게 해결해 보는 활동입니다. 틀에 얽매인 생각에서 벗어나 창의적인 방법으로 문제 해결 방안을 마련해 볼 수 있습니다. 자유롭게 그리거나 글로 표현할 수 있도록 지도해 주세요.

짚어보기3   116p

짚어보기3 네 죄를 네가

억울하게 망가진 자명고와 자명각이 이들에게 죄를 묻고 죄가 큰 만큼 소리를 낸다. 이들의 죄가 무엇인지 쓰고, 소리가 어느 정도 날지 빈칸에 색칠해 봐.

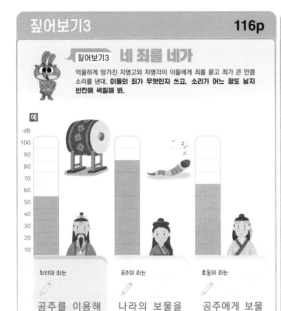

최리의 죄는

공주를 이용해서 나라를 지키려고 한 것입니다. 사람의 마음을 이용하면 안 됩니다.

공주의 죄는

나라의 보물을 망가뜨린 것입니다. 공주는 나라를 지킬 의무가 있습니다.

호동의 죄는

공주에게 보물을 망가뜨리라고 부탁한 것입니다. 공주의 입장을 무시하고 나라를 배신하게 만들었습니다.

짚어보기4   117p

짚어보기4 적 또는 주인

그런데 자명고와 자명각은 공주가 왔을 때 왜 울리지 않았을까? 보물을 망가뜨리러 왔다면 공주도 적인데 말이야. 이들에게 물었더니 알 수 없는 요상한 소리를 냈어. 무슨 뜻일지 번역해서 써 봐.

그건 말이죠…

저는 적의 침략에만 울릴 수 있기 때문이에요. 공주는 낙랑의 공주이니 낙랑국을 침략할 수 없다고 생각했어요.

나도 말이죠…

자명고가 울리지 않길래 눈치를 보면서 가만히 있었어요. 혼자 울리면 민망하잖아요.

짚어보기5   118p

짚어보기5 만약에

만약에 낙랑 공주와 호동 왕자가 다른 선택을 했다면 이야기는 어떻게 달라졌을까? 이들의 선택을 바꿔서 뒷이야기를 써 봐.

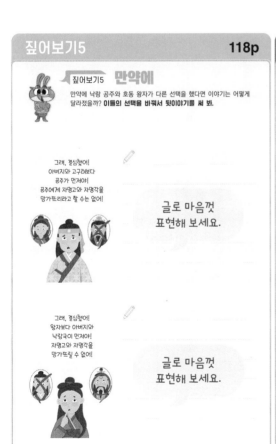

그래, 결심했어!
아버지와 고구려보다
공주가 먼저야!
공주에게 자명고와 자명각을
망가뜨리라 할 수는 없어!

글로 마음껏 표현해 보세요.

그래, 결심했어!
왕자보다 아버지와
낙랑국이 먼저야!
자명고와 자명각을
망가뜨릴 수 없어!

글로 마음껏 표현해 보세요.

보고하기   119p

보고하기 의견을 제시하는 글

낙랑국의 왕 최리는 공주를 어떻게 해야 할지 모르겠다고 해. 공주를 어떻게 하면 좋을지 네 의견을 제시하는 글을 써 봐.

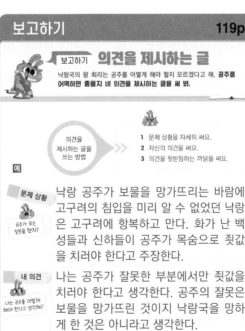

의견을 제시하는 글을 쓰는 방법
1 문제 상황을 자세히 써요.
2 자신의 의견을 써요.
3 의견을 뒷받침하는 까닭을 써요.

예

문제 상황
공주가 무슨 잘못을 했을까?

낙랑 공주가 보물을 망가뜨리는 바람에 고구려의 침입을 미리 알 수 없었던 낙랑은 고구려에 항복하고 만다. 화가 난 백성들과 신하들이 공주가 목숨으로 죗값을 치러야 한다고 주장한다.

내 의견
너는 공주를 어떻게 해야 한다고 생각해?

나는 공주가 잘못한 부분에서만 죗값을 치러야 한다고 생각한다. 공주의 잘못은 보물을 망가뜨린 것이지 낙랑국을 망하게 한 것은 아니라고 생각한다.

까닭, 이유
왜 그렇게 생각해?

왜냐하면 낙랑국이 망한 이유는 공주 때문만이 아니기 때문이다. 낙랑국이 멸망한 이유는 다양하다. 최리와 백성들과 신하들도 낙랑국 멸망에 책임이 있다.

해설

116p

각 등장인물의 잘못이 무엇인지 쓰고, 이들 죄의 경중을 데시벨로 나타내 보는 활동입니다. 등장인물의 잘못을 구체적이고 자세하게 쓸 수 있으면 좋습니다.

117p

자명고와 자명각 입장에서 사건을 되짚어보는 문제입니다. 또 다른 시각에서 현상을 창의적으로 해석해 낼 수 있습니다. 정해진 답이 없으므로 아이들의 표현과 생각을 존중해 주세요.

118p

등장인물이 다른 선택을 했다면 이야기가 어떻게 달라질지 상상해서 뒷이야기를 쓰는 활동입니다. 이야기의 안타까운 결말을 다른 내용을 바꿔서 상상하면서 서사적 표현력을 기를 수 있습니다.

119p

문제를 해결하기 위해 자신의 의견을 제시하는 글을 써봅니다. 주어진 설명에 따라 문장으로 표현할 수 있도록 지도해 주세요.

어휘다지기 최리 뒤풀이

최리가 낱말 퀴즈 뒤풀이를 열었어. 낱말 퀴즈를 풀어서 가리사니 힘을 다져 보자고. 요지카를 보면서 문제를 풀어 봐.

1 최리가 아픈 마음을 담아 '마' 자로 끝나는 노래를 지어 불렀어요. 빈칸에 들어갈 글자를 써 보세요.

공주를 시집보낼 때 내 마음은 아마!
공주가 돌아왔을 때 내 마음은 설 마!
공주를 심판할 때 내 마음은 차마!
호동을 다시 받을 때 내 마음은 야, 인마!

2 자명고가 이야기하고 있는데, 찢어진 탓인지 엉뚱한 소리가 나왔어요. 엉뚱하게 쓰인 글자를 찾아 X표 하고 바르게 고쳐 써 보세요.

고구려는 우리 낙랑국 같이 작은 나라를 못 잡아먹어 X달이었어요. → 안 달

적이 침략할 X새가 있으면 알아서 미리 둥둥 울리는 보물이지요. → 낌 새

사실은 저도 고구려가 침략할 X미를 주고 싶지는 않았거든요. → 빌 미

3 호동 왕자가 이야기하고 있는데 슬픈 마음이 북받쳐서 잘 들리지 않는 부분이 있어요. 어떤 낱말인지 빈칸에 써 보세요.

아버지가 낙랑 공주를 시켜서 자명고와 자명각을 망가뜨리라네. 부로대니

난 데 없 이

말을 듣자니 낙랑 공주한테 미안하고, 말을 기억하자니 왕자로서 부끄럽구나.

고 분 고 분

4 다음 초성에 어울리는 낱말은 무엇일까요? 자명각이 불어 내는 힌트를 보고 알맞은 답을 써 보세요.

속셈 우물쭈물 계획 몰래 → 꿍꿍이

대가 죄 치르다 벌 → 죗값

퍼지다 칭찬 소문 말 → 자자하다

생김새 잘생기다 인물 밝다 → 훤하다

요지카에서 다룬 어휘를 다시 한번 문제로 풀어보면서 어휘력을 기를 수 있습니다. 요지카를 보면서 문제를 풀 수 있도록 지도해 주세요.

MEMO

MEMO

✂ —— 자르는 선
········ 접는 선

1. 자르는 선을 따라 가위로 오려서 네 조각으로 만들어 주세요.
2. 접는 선을 따라 안쪽으로 한 번 바깥쪽으로 한 번 접어주세요.
3. 풀칠한 후 같은 번호끼리 모퉁이의 색깔을 맞춰 붙여주세요.
4. 요리조리 접거나 펴면서 그림에 나오는 내용을 상상해서 이야기해 보세요.

③
풀칠

①
풀칠

④
풀칠

②
풀칠

2

가리사니 임명장

이름:

직책: 가리사니

위 사람을 이야기나라의 가리사니로 임명합니다.

20   년   월   일

이야기나라의 가라사대왕

✂ —— 자르는 선
········ 접는 선

2장
왕과 매

1. 자르는 선을 따라 가위로 오려서 네 조각으로 만들어 주세요.
2. 접는 선을 따라 안쪽으로 한 번 바깥쪽으로 한 번 접어주세요.
3. 풀칠한 후 같은 번호끼리 모퉁이의 색깔을 맞춰 붙여주세요.
4. 요리조리 접거나 펴면서 그림에 나오는 내용을 상상해서 이야기해 보세요.

5

③
풀칠

①
풀칠

④
풀칠

②
풀칠

자르는 선
접는 선

① 풀칠

② 풀칠

③ 풀칠

④ 풀칠

가리사니 임명장

이름:

직책: 가리사니

위 사람을 이야기나라의 가리사니로 임명합니다.

20　　　년　　　월　　　일

이야기나라의 가라사대왕

✂ ——— 자르는 선
·········· 접는 선

1. 자르는 선을 따라 가위로 오려서 네 조각으로 만들어 주세요.
2. 접는 선을 따라 안쪽으로 한 번 바깥쪽으로 한 번 접어주세요.
3. 풀칠한 후 같은 번호끼리 모퉁이의 색깔을 맞춰 붙여주세요.
4. 요리조리 접거나 펴면서 그림에 나오는 내용을 상상해서 이야기해 보세요.

③
풀칠

①
풀칠

④
풀칠

②
풀칠

① 풀칠

③ 풀칠

② 풀칠

④ 풀칠

정의는 각자에게 그의 몫을 주는 것

가리사니 임명장

이름: _____

직책: 가리사니

위 사람을 이야기나라의 가리사니로 임명합니다.

20 _____ 년 _____ 월 _____ 일

이야기나라의 가라사대왕

✂ —— 자르는 선
········ 접는 선

4장
호동 왕자와 낙랑 공주

1. 자르는 선을 따라 가위로 오려서 네 조각으로 만들어 주세요.
2. 접는 선을 따라 안쪽으로 한 번 바깥쪽으로 한 번 접어주세요.
3. 풀칠한 후 같은 번호끼리 모퉁이의 색깔을 맞춰 붙여주세요.
4. 요리조리 접거나 펴면서 그림에 나오는 내용을 상상해서 이야기해 보세요.

③
풀칠

①
풀칠

④
풀칠

②
풀칠

14

✂ —— 자르는 선
······· 접는 선

① 풀칠
③ 풀칠
② 풀칠
④ 풀칠

가리사니 임명장

이름: _____

직책: 가리사니

위 사람을 이야기나라의 가리사니로 임명합니다.

20_____ 년 _____ 월 _____ 일

이야기나라의 가라사대왕

요지카 **1**

서슴없이

낱말 등급 ★★★★★

요지카 **2**

허름하다

낱말 등급 ★★★★★

요지카 **3**

둘도 없다

낱말 등급 ★★★★★

요지카 **4**

영문

낱말 등급 ★★★★★

요지카 **5**

장신구

낱말 등급 ★★★★★

요지카 **6**

꺼림칙하다

낱말 등급 ★★★★★

요지카 **7**

뚱딴지같다

낱말 등급 ★★★★★

요지카 **8**

나무라다

낱말 등급 ★★★★★

요지카 **9**

죽을상

낱말 등급 ★★★★★

요지카 **10**

간신히

낱말 등급 ★★★★★

 어렵거나 중요한 정도를 점수로 매겨 별점에 색칠해 보세요.

1장 목걸이 ✎ 글자를 따라 써 보세요.

허름한 옷차림에
나이도 많아 보였어요.

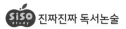
진짜진짜 독서논술

1장 목걸이 ✎ 글자를 따라 써 보세요.

제 이름을 서슴없이 부르는
사람이 있었어요.

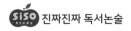
진짜진짜 독서논술

1장 목걸이 ✎ 글자를 따라 써 보세요.

무슨 소리를 하는지 도무지
영문을 모르겠어요.

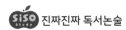
진짜진짜 독서논술

1장 목걸이 ✎ 글자를 따라 써 보세요.

결혼하고 나서도 둘도 없는
친구로 지냈지요.

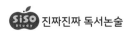
진짜진짜 독서논술

1장 목걸이 ✎ 글자를 따라 써 보세요.

좀 꺼림칙했지만 목걸이를
빌려주기로 했어요.

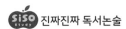
진짜진짜 독서논술

1장 목걸이 ✎ 글자를 따라 써 보세요.

파티에 하고 갈 마땅한
장신구가 없어요.

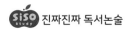
진짜진짜 독서논술

1장 목걸이 ✎ 글자를 따라 써 보세요.

일주일이 지난 후에 돌려받아서
나무랐던 기억이 있어요.

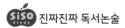
진짜진짜 독서논술

1장 목걸이 ✎ 글자를 따라 써 보세요.

무슨 뚱딴지같은 소리를
하나 싶었어요.

진짜진짜 독서논술

1장 목걸이 ✎ 글자를 따라 써 보세요.

숨이 턱 막히는 걸
간신히 참았어요.

진짜진짜 독서논술

1장 목걸이 ✎ 글자를 따라 써 보세요.

남편은 매일 죽을상을
하고 다녔어요.

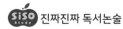
진짜진짜 독서논술

요지카 1

길들이다

낱말 등급 ★★★★★

요지카 2

날래다

낱말 등급 ★★★★★

요지카 3

여느

낱말 등급 ★★★★★

요지카 4

내리

낱말 등급 ★★★★★

요지카 5

빈손

낱말 등급 ★★★★★

요지카 6

오락가락하다

낱말 등급 ★★★★★

요지카 7

단칼

낱말 등급 ★★★★★

요지카 8

발치

낱말 등급 ★★★★★

요지카 9

뼈아프다

낱말 등급 ★★★★★

요지카 10

섬뜩하다

낱말 등급 ★★★★★

 어렵거나 중요한 정도를 점수로 매겨 별점에 색칠해 보세요.

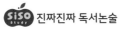

푸른 이리처럼 날래고
용맹한 전사예요.

SiSO 진짜진짜 독서논술

 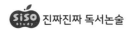

새끼 때부터 길들여
함께 사냥을 나갔어요.

SiSO 진짜진짜 독서논술

2장 왕과 매

사냥감이 눈이 띄면
화살처럼 내리 덮쳤어요.

SiSO 진짜진짜 독서논술

2장 왕과 매

여느 때처럼 매사냥을 나갔어요.

SiSO 진짜진짜 독서논술

2장 왕과 매

몇 차례 오락가락하더니
바위에 내려앉았어요.

SiSO 진짜진짜 독서논술

2장 왕과 매

생각대로 되지 않아 빈손으로
돌아갈 수밖에 없었어요.

SiSO 진짜진짜 독서논술

2장 왕과 매

피를 흘리며 발치에
쓰러지고 말았어요.

SiSO 진짜진짜 독서논술

2장 왕과 매

아니나 다를까
단칼에 차간송홀을…!

SiSO 진짜진짜 독서논술

2장 왕과 매

동상을 볼 때마다
왠지 섬뜩하고 힘들어요.

SiSO 진짜진짜 독서논술

2장 왕과 매

이번 일로 뼈아픈 교훈을
얻었어요.

SiSO 진짜진짜 독서논술

같이 분석.

글자 세로쓰기: 잘라서 쓰세요

요지카 1	요지카 2
정의 낱말 등급 ★★★★★	**누비다** 낱말 등급 ★★★★★
요지카 3	요지카 4
짤막하다 낱말 등급 ★★★★★	**덩굴** 낱말 등급 ★★★★★
요지카 5	요지카 6
잔뼈가 굵다 낱말 등급 ★★★★★	**앞가림** 낱말 등급 ★★★★★
요지카 7	요지카 8
겨를 낱말 등급 ★★★★★	**먼지투성이** 낱말 등급 ★★★★★
요지카 9	요지카 10
몹쓸 낱말 등급 ★★★★★	**앞뒤가 맞다** 낱말 등급 ★★★★★

어렵거나 중요한 정도를 점수로 매겨 별점에 색칠해 보세요.   3장 아트리의 종 요지카 21

3장 아트리의 종　　　✎ 글자를 따라 써 보세요.

나와 같이 전쟁터를
누비던 말이에요.

 진짜진짜 독서논술

3장 아트리의 종　　　✎ 글자를 따라 써 보세요.

마구간과 먹이를 마련해 주는 게
정의라고 해요.

SiSO 진짜진짜 독서논술

3장 아트리의 종　　　✎ 글자를 따라 써 보세요.

포도 덩굴을 짧은 줄에
이어 매달았어요.

SiSO 진짜진짜 독서논술

3장 아트리의 종　　　✎ 글자를 따라 써 보세요.

밧줄이 닳아서 아래쪽이
짤막해졌어요.

SiSO 진짜진짜 독서논술

3장 아트리의 종　　　✎ 글자를 따라 써 보세요.

제 앞가림 정도는 할 줄 알아요.

SiSO 진짜진짜 독서논술

3장 아트리의 종　　　✎ 글자를 따라 써 보세요.

전쟁터에서 잔뼈가
굵은 말이에요.

SiSO 진짜진짜 독서논술

3장 아트리의 종　　　✎ 글자를 따라 써 보세요.

다리를 절룩이며
먼지투성이 길을 거닐었어요.

SiSO 진짜진짜 독서논술

3장 아트리의 종　　　✎ 글자를 따라 써 보세요.

걱정할 겨를이 없어요.

SiSO 진짜진짜 독서논술

3장 아트리의 종　　　✎ 글자를 따라 써 보세요.

정의가 어쩌고저쩌고하다니
앞뒤가 맞지 않아요.

SiSO 진짜진짜 독서논술

3장 아트리의 종　　　✎ 글자를 따라 써 보세요.

몹쓸 주인은 집에서
돈이나 세고 있어요.

SiSO 진짜진짜 독서논술

요지카 1

꿍꿍이

낱말 등급 ⭐☆☆☆☆

요지카 2

훤하다

낱말 등급 ⭐☆☆☆☆

요지카 3

자자하다

낱말 등급 ⭐☆☆☆☆

요지카 4

안달

낱말 등급 ⭐☆☆☆☆

요지카 5

빌미

낱말 등급 ⭐☆☆☆☆

요지카 6

낌새

낱말 등급 ⭐☆☆☆☆

요지카 7

고분고분

낱말 등급 ⭐☆☆☆☆

요지카 8

난데없이

낱말 등급 ⭐☆☆☆☆

요지카 9

설마

낱말 등급 ⭐☆☆☆☆

요지카 10

죗값

낱말 등급 ⭐☆☆☆☆

글자를 따라 써 보세요.

인물이 훤한 게 평범한
나그네가 아니었어요.

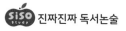
진짜진짜 독서논술

글자를 따라 써 보세요.

속으로는 다른 꿍꿍이가
있었어요.

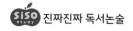
진짜진짜 독서논술

글자를 따라 써 보세요.

작은 나라를 잡아먹지 못해
안달이었어요.

진짜진짜 독서논술

글자를 따라 써 보세요.

잘생긴 미남이라고
소문이 자자했어요.

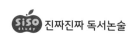
진짜진짜 독서논술

글자를 따라 써 보세요.

적이 침략할 낌새가 있으면
알아서 울려요.

진짜진짜 독서논술

글자를 따라 써 보세요.

침략할 빌미를 주어서는 안 돼요.

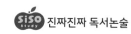
진짜진짜 독서논술

글자를 따라 써 보세요.

며칠 지나자 난데없이
군사들이 들이닥쳤어요.

진짜진짜 독서논술

글자를 따라 써 보세요.

여기에 있는 동안
고분고분 잘 지냈어요.

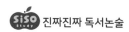
진짜진짜 독서논술

글자를 따라 써 보세요.

목숨으로 죗값을 치러야 한다고
목소리를 높였어요.

진짜진짜 독서논술

글자를 따라 써 보세요.

설마 했는데 일이
이렇게 된 거예요.

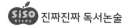
진짜진짜 독서논술

자르는 선

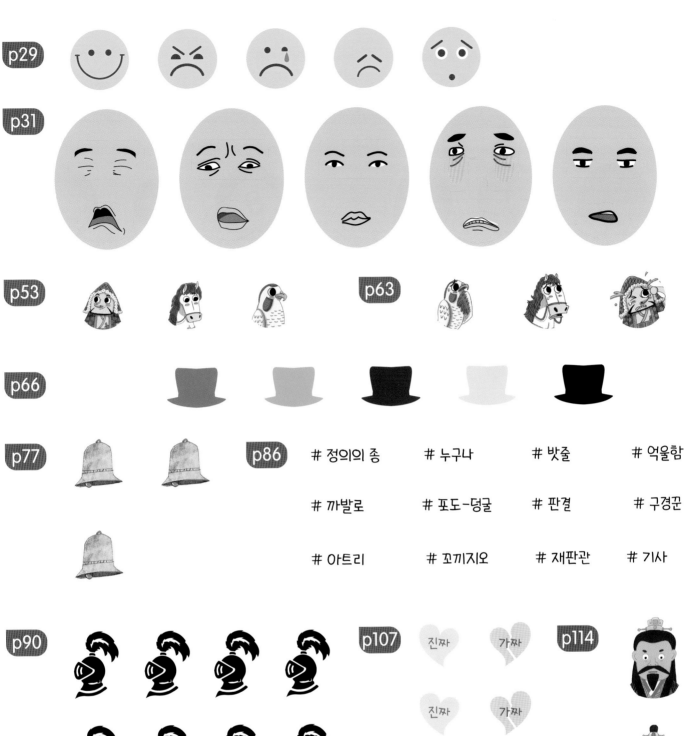

p29

p31

p53　　　　　　　　p63

p66

p77　　　　p86

정의의 종　　　# 누구나　　　# 밧줄　　　# 억울함

까발로　　　# 포도-덩굴　　　# 판결　　　# 구경꾼

아트리　　　# 꼬끼지오　　　# 재판관　　　# 기사

p90　　　　　　　p107　　　　　　　p114

진짜　　가짜

진짜　　가짜

진짜　　가짜

진짜　　가짜

진짜　　가짜

진짜　　가짜